「かねてよりお慕いしていましたテイレシア様、下賤《げせん》の身であるうえ、千載一
王太子殿下が婚約者であるならばとあきらめておりましたが、
遇のこの機会、ぜひテイレシア様に求婚させてください!!!」

クロノス
テイレシアやカサンドラの
友人。冷静沈着な性格。
ヴィクター
婚約破棄された直後の
テイレシアに求婚してきた。
レイナート
???

アトラス
テイレシアの元婚約者。王太子として国益のため(?)にエオリアに迫る。
エオリア
隣国の王女でアトラスと婚約することに——?
テイレシア
婚約破棄と求婚を同時にされた公爵令嬢。趣味で小説を書いていた。
カサンドラ
テイレシアの親友。侯爵令嬢だが貴族っぽくない一面があり——

「抱きついてくれるのは嬉しいですが、顔を見せてください」
「……いやだ、絶対」
「いきなりキスして、すみません。謝りますから、どうかお顔を」
「嫌だって言ってるでしょう」

真曽木トウル
Illustration
足立いまる
王子、婚約破棄したのは
そちらなので、恐い顔で
こっちにらまないでください。

もくじ

口絵・本文イラスト◈足立いまる
デザイン◈C.O2_design

――序――

公爵家令嬢テイレシア・バシレウス・クラウン、十八歳。ベネディクト王国王立学園〈淑女部〉生徒会長。

ほんの四十三時間前にこの国の王太子殿下から学園の生徒たちの前で婚約破棄されたばかりの私は、それさえも霞《かす》む、人生最大のピンチに直面していた。

――――その犯人は、私が婚約破棄を受け入れた直後に現れた、求婚者。

「オレがこの世で一番大好きな、ずっと大切にしている小説です」

目の前の彼が微笑みながら取り出したのは、私の黒歴史。

この世から存在した事実すら消えて欲しい、すべて焼き捨てたはずのもの。

耳元で、自分の血の気が引く音さえ聞こえる気がする。

待って、いったいどうして求婚者《あなた》が、黒歴史《それ》を持っているの……!?

■第1章　王子に婚約破棄されたらその場で新しい婚約者が立候補しました

「美しく賢明なる我が婚約者、テイレシア。君もわかっているのだろう？　私たちの婚約が、間違ったものであることを」

貴族の子女が通うこの王立学園の卒業式と、私たちの結婚式があるはずの六月まで、あとのこり四ヵ月。

学園の生徒を招待した、自分の誕生日のパーティーで、私の婚約者は、魅惑的な容姿と朗々たる声で皆を惹《ひ》きつけている。

それはあたかも演劇の一幕のよう。我が国の王太子アトラス殿下は、私に語りかけていると見せかけて、その実、出席者に語りかけていた。

「聡明《そうめい》な君に、何ら落ち度はない。だが、政治的都合だけで、ひとかけらの愛情もなく結ばれた婚約が、神の御意思にかなうものではないのは明白。そして今、私は真実の愛に出会ってしまった」

――――私は忘れていない。

『はぁ？　〝真実の愛〟なんて、今どきの大衆小説では、嘲笑されてしっぺ返しを食らう愚者役の言葉だろ？　小説を書いているくせに愚民どもの流行《はやり》も知らないのか、おまえは』

そう言って私を笑ったのは、他でもない王子《あなた》だ。

「エオリア王女、どうぞ、こちらに」

アトラス王太子殿下は、後ろにいた可憐《かれん》な少女の手を取って、寄り添った。

三年生である私やアトラス殿下よりも二学年下の、隣国の王女、エオリア姫。

きらめく金髪に、青く澄んだ瞳。物語に出てくるお姫様そのままのような美しい人だった。

悲しげにまつげをふせ、それでいて嬉《うれ》しさを隠しきれていない彼女は、これがお膳立てされた出会いであることをきっと知らない。

彼女は『王太子アトラスと、隣国の王女エオリアの、運命の恋』の、演者ではなく、観客だ。それも最前席で、うっとりと酔っている。

「あ、あの。テイレシア様、申し訳ございません、わたくし……」

「エオリア王女。責を負うならば、私一人で十分です。テイレシアという婚約者がありながら、貴女への愛を抑えきれなかった私が」

愛し合う王子と王女の会話。皆、美しい両者の容姿に魅入られ、そして涙を流す者もいる。

もしかしたら勘の良い誰かが、この作為に気づくかもしれない。

だけど彼らは口をつぐむだろう。

両親を亡くして後ろ盾のない公爵令嬢の私よりも、隣国の王女様のほうが、はるかに我が国に利益をもたらす女性なのだから。

「テイレシア。どうか、理解してほしい、この真実の愛を。君との婚約を解消させてくれないだろうか」

予定されていた結婚式の日まで四ヵ月ある。

私のために整えられていたいろいろな準備を、エオリア王女殿下のためにスライドさせ調整するには、ぎりぎりのタイミング。

サプライズのように演出はしているけれど、アトラス殿下のことだから、確実に国王陛下夫妻への根回しは終わっているはずだ。

それがわかっている私が返せる言葉は、一つしかないでしょう？


「――――婚約破棄を、受け入れますわ」


私が『破棄』という言葉をわざわざ使ったことを気にも留めないように、アトラス殿下の口もとに、わずかな笑みが浮かぶ。

王女様にはわからないでしょう。それが酷薄《こくはく》な感情から出るものだとは。

このあと、きっとアトラス殿下は、この場でエオリア王女殿下に求婚するのでしょう。

ひとかけらの愛情もないけれど、本当に私はこけにされている。

だけど私がこの場を去ることは許されない。

アトラス殿下が口を開こうとした。

その瞬間。


「はい!!

ハイ、はい！！！

じゃあ、オレ、平民ですけど新しい婚約者に立候補します!!」


——それは鼓膜から脳髄までビリビリしびれるような恐ろしい大音声《だいおんじょう》だった。

会場を制圧し、アトラス殿下の朗々とした声さえ抑えつけた大声に、その場の全員が動きを止め、やがて視線が一点に集中した。

「何だ、キミは？」

「今、アトラス殿下がお話をしようとして」

制止しようとした人間たちを振り払い、かなり長身の、大柄な殿方——私たちと同じぐらいの年頃、学生の一人でしょう——が走って中央に躍り出た。

いいえ、その彼は、私の前にひざまずいた。

そして。

「かねてよりお慕いしていましたテイレシア様、下賤《げせん》の身であるうえ、王太子殿下が婚約者であるならばとあきらめておりましたが、千載一遇のこの機会、ぜひテイレシア様に求婚させてください！！！」

声の大きさを一切落とさず長広舌《ちょうこうぜつ》で、再び何か言おうとした王子を黙らせたその彼を、改めて私は見つめた。

ひざまずきながら私を見上げる、思いのほか凛々《りり》しい表情。

日に焼けた肌、野性味をのこしながら整った顔立ちが、目を奪われるほど魅力的。

アトラス殿下よりもぐっと高い身長。人目を惹く、赤みがかったオレンジの髪。

彼は、完全に、この場の主役を見事に奪い去ってしまった。

それも、ものすごい力業《ちからわざ》と存在感で。

「なんて非常識な！」

「これだから、平民は！」

ざわざわと聞えよがしな声をあげた人もいたが、彼は一顧だにしない。

まっすぐな目で、私を射抜いてくる。求婚の返答を待って。

「――――あ、あの……」

観察はできたけれど、答えるべき言葉が出てこない。

私も相当混乱していた、のだ。

だから、あまりに素直な言葉が口から出てきてしまった。

「……どちらさま、ですか？」

誰かが吹き出した……のに釣られ、会場の中は大爆笑に包まれてしまった。

◇　◇　◇

――王子の誕生日パーティーの二日後。

王立学園〈淑女部〉生徒会長室。ここは生徒会長を務める私の執務室だ。

「『成り上がりの平民、麗しの姫君に求婚!!』

『不敬なるこの恋は処罰の対象か!?』

……てっきり王子とエオリア王女の禁断の恋物語でしばらく持ちきりかと思いきや、新聞の一面はキミだったな、テイレシア」

近年ようやく中産階級にも出回り始めた新聞を、私の鼻先に突きつけながら、美人の副会長は笑った。

「笑わないでよ、カサンドラ。人の色恋の話をわざわざ記事にするなんて、趣味が悪いと思うわ」

「そうでもないさ。キミが注目の的になれば、王子や王家の嫌がらせからはしばらく自由になるだろう？　これぞ権力の監視、というもの。報道がやるべきことじゃないか？」

「本音は、あなたの経営する新聞社も儲《もう》かっているから良し、でしょう？　あなたのところの新聞、挿絵で私を美人に描きすぎて気持ち悪いんだけど」

私の向かいのソファに座る、〈淑女部〉生徒会副会長で侯爵令嬢のカサンドラが、ニッと、悪い笑みを浮かべる。

同盟国の王女を母に持つ彼女は、褐色の肌につややかな黒髪を後頭部でさっぱりとたばねた、眼鏡の似合う長身の美女だ。

私と同じ十八歳だけど、恵まれた資本と人脈を生かして、いくつかの事業を成功させている。

身分以外は平凡な私とは大違い。

「ありがたいことに飛ぶように売れているよ？　おもに、憧れの姫君に一世一代の求婚をしたら『どちらさまですか』と言われた哀れな男への同情で」

「ねぇ、言い訳させてもらっていい？　……貴族の子女の顔だったらみんな覚えていたのよ？」

恥ずかしいことに、〈淑女部〉とはいえ生徒会長なのに私は彼の顔を知らなかった。

〈紳士部〉に平民の編入生がいるという噂《うわさ》だけは耳にしていたのだけど、まさかその相手に求婚されるなんて誰が予想できる？

「子供の頃から婚約していて結婚式四ヵ月前に『ほかの女性と結婚したいから』って婚約破棄した誰かさんも、それなりに非常識ではあると思うのだけど、まあ王家の結婚だったらありうることじゃない？　誰が国益にかなう相手かなんて時々刻々と変わるのだもの。……さすがに、今回の彼の求婚は、その非常識を三百倍ぐらい上回るわ」

「と、言いつつ、かの美男子の一年生に腹を立てている様子はないな？」

「！　……そういうわけじゃ」

カサンドラに言い返そうとしたら、

「でもね、私は少し、彼に感謝しているんだ」

と彼女は続ける。

「あの時私は、テイレシアのそばにいてあげられなかったもの」

「それは……気にしないで」

外面《そとづら》が良いアトラス殿下だけど、自分が気に入らない相手には露骨な態度に出る。一昨日の誕生日パーティーだって学園の生徒全員を招待するという話だったのに、実際にはカサンドラはじめ殿下に従順じゃない生徒が何人も締め出されていた。

「もし彼のことが不安だったら、私、見ようか？」

「いいわ。これぐらい、あなたに負担をかけることじゃないもの」

こん、こん。ドアがノックされた。

「お入りなさい」

私が声をかけると、ドアが開き、その前には緊張した面持ちの、私に求婚した一年生が立っていた。

勢いよく燃える炎のようなオレンジの髪。なめらかな浅黒い肌。あの夜の彼の瞳はペリドットのように強くきらめいて見えたが、昼間に近くで見ると、少し落ち着いたエメラルドの色だ。

「お時間いただき、ありがとうございます。

〈紳士部〉第一学年ヴィクター・エルドレッド、参りました」


カサンドラの言葉どおり、改めて見ても目の覚めるような美男子だ。

生徒会の後輩が、

『平民とはいえ、密かにとても人気のある殿方でしたから、〈淑女部〉一年生は今、阿鼻叫喚《あびきょうかん》ですわ。ショックで休んでいる生徒も多いんですの……』

と言っていたのを思い出す。

一般的な貴族の好みとは少し違うかもしれない。どちらかというと金髪銀髪や、瀉血《しゃけつ》したような白い肌、貴婦人のような優美さをそなえた殿方が、貴族の間では美男子と讃《たた》えられている。

けれど、一昨日の私はヴィクターを一目見て思った。生まれてから今までこんなに素敵な男性を見たことがあっただろうか、と。

要は、私の好みど真ん中の大好きな物語の勇者が本から抜け出てきたようで、それで思い切り動揺してしまったのだ。

――今日、私は、一昨日突然現れた求婚者ヴィクター・エルドレッドと話をするために、彼を呼び出していた。

と言っても、未婚の貴族の娘が、紳士と二人きりになるわけにはいかない。学園の中でも、男女は〈紳士部〉と〈淑女部〉で別学になっているのだ。

今回は、侍女ではなく、付き人《レディズ・コンパニオン》でもなく、親友で〈淑女部〉生徒会副会長のカサンドラに立ち会ってもらっている。

カサンドラが立ち上がり、向かい合うソファの、私の側に座った。

「お座りなさい」

声をかけると、彼が、私たちの向かいに座る。

寮ではなく自分の邸《やしき》から通っているのだろうか、足元に、本がみっちりと詰まった革の鞄《かばん》を置いた。

「では、エルドレッド君――」

「あ、あの！　どうぞ、ヴィクターとお呼びください！」

「……では、ヴィクター？　今回あなたのしたことが、新聞にまで載っているのだけど」

「はい！　うちの家族はみんな、オレがテイレシア様のファンだと知っているので、大丈夫です！」

「ファン……？」

カサンドラが、こらえきれずに横を向いて、ぶっ、と吹き出す。

それにしても背がとても高い。大きい。

私よりも二学年下の第一学年の十六歳……にはとても見えない、私より頭１・５個分は高い長身。

彼は、王族や貴族の子女だけが通うこの学園の中で、ただ一人の平民だった。

「……ファンがどうという話は置いておいて。あなたのことを確認させてくれる？」

「どうぞ！」

私は手元に、とある書類を広げる。

それは、〈紳士部〉生徒会長からこちらに届けられた、ヴィクターについて生徒会が把握している情報の報告書だった。

「あなたは、王国屈指の豪商エルドレッド商会の当主の次男として産まれた。そして昨年の『ゼルハン島事変』に巻き込まれた際、商会の船を使って、千五百人以上の国民を敵国の砲撃から守って避難させた。その功績で、十八歳になれば爵位を授与されることになった……ということね？」

「はい！　おかげでテイレシア様がいるこの学園に編入できました」

ゼルハン島は、私たちの国ベネディクト王国にとって、重要な交易拠点のひとつだ。

それを狙って、昨年、敵国が侵攻してきた。王国軍は速やかに撃退したのだけど、その際、驚くべきことに民間人の死者が出なかったのだ。

『ゼルハン島の奇跡』と、王都でも話題になって、勇敢に戦った軍が讃えられていた。

だけど……その裏で、当時たった十五歳のヴィクターがそんな功績を立てていたとは、今まで知らなかった。

……ただ、見た感じ、彼のハキハキした言葉や態度は、やり手というよりは好青年風で若干天然ボケという印象だ。

「あのね、好意を寄せてくれていること自体は嬉しいわ。でもあなたが一昨日したことは、かなり非常識でとても問題があるのよ。それをしっかりとまず認識してもらいたいの」

「今回のことでテイレシア様にご迷惑をおかけしたのならすみません。もちろん、無礼であることは承知の上です、ですが」

ヴィクターが顔を伏せた、と思ったら、私の鼻先に真っ赤な薔薇《ばら》が差し出されていた。

「やっぱり、結婚してください！」

「どこに隠してたのその花？」

手品か。困ったけれど、薔薇に罪はないので受け取る。いい香り。つまり、ヴィクターに反省の色はまったくない。

平民だから非常識、だなんて言葉は貴族の傲慢だ。貴族社会と平民の生きる世界の常識が、まるで違うというだけだ。

ただ、私は貴族社会の人間。そして今は平民である彼も、爵位を得たらいずれ貴族として生きていく。

私は先輩としてきちんと指導しなくては。

王太子の婚約者ではなくなるとはいえ、それが生徒会長である私の務めだ。

まず、何より。

「貴族の結婚は国王陛下の承認をもって決定されるものなの。一昨日の婚約破棄の話も、まだ正式な承認まで至っていない。今、私は次の婚約の話をする立場ではないのよ」

「うーん……そういう話をすることも、立場上まずい、という理解でいいですか？」

「ええ。それから、貴族の求婚についても、本来は家長かその機能を果たす人物を通すものよ。今回でいえば、あなたのお父様から私の父……はもう亡くなっているから、私の後見人である国王陛下への申し込みをして、それから私に話をするべきということになるわ」

「そうなんですね、申し訳ありません。ただ、そういう意味で言うと誕生日パーティーで突然婚約破棄をしたアトラス王子も相当ルール違反のような」

「え？　そ、そうね。ええと、それから――……〈透視《イクス・イルミナス》〉」

あることに気付いた私は、自分の瞳に魔法をかけた。

――この世界には魔法が存在する。

と言っても、近年科学と魔法を天秤《てんびん》にかけて前者を選んだ我が国では、魔法はすでに貴族のたしなみ程度のものだった。

そのノウハウは今や、王家と貴族だけが独占している。

「……ドアの外で盗み聞きをしている皆さん、入っていらっしゃい？」

そう、声をかけると、あわてた様子の一年生男子たちが、部屋に入ってきた。いずれも社交界で見かけたことのある貴族の子弟たちだ。

「あ、あの‼　すみません、このバカ、また粗相《そそう》をしてしまいましたか⁉」

「どうか、不敬罪の適用だけはご勘弁を！　ほんっとうに、良い奴なんです。バカだけど‼」

「悪い奴ではないのです！　ちょっと貴族の常識を知らなくてバカというだけで！」

……みんなに好かれているのはわかったけれど、ご友人たち、バカを連呼するのはやめてあげて？

ちょっとヴィクターが泣きそうですよ？

「大丈夫、そんな深刻な話ではないわ。私は引き続きヴィクターとお話をしていますから。でも盗み聞きはおやめなさい。私にはわかりますからね？」

にこり、と微笑んで見せると、友人たちはすごすごと下がっていった。

（……ヴィクターへのお説教の時間のはずだったのに）

どうも、ペースが狂わされてしまっている。

吐息を漏らして前を向くと、

(……?)

何だか妙に、ヴィクターがキラキラした目でこちらを見ている。

「さっきの索敵魔法、詠唱なしで使えるんですね！」

何かと思ったら、そんなところに食いついてきた。

「オレも、ゼルハン島ではあれに本当に助けられました」

「さっきの透視魔法のこと？　良く知っていたわね。魔法関係の本はこの国ではもう軒並み禁書になっているはずなのに」

「ああ、えっと……好きな小説に出てきたので、使えるようになりたくて。古文書で調べて、習得しました」

「小説？」

「はい。オレがこの世で一番大好きな、ずっと大切にしている小説です」

ヴィクターは革の鞄《かばん》から、一冊の古びた本を取り出して、私に見せた。

「…………！！！？？？」

ものすごく見覚えがあるその本に、私は婚約破棄されたときよりはるかに強い衝撃を受け、頭がくらくらとした。

「これは……」

「テイレシア様が書かれた、『鋼《はがね》の乙女の英雄譚《たん》』です」

（タイトルを口にしないでぇぇぇぇぇぇぇぇっ！！！）

無駄に偉そうなそのタイトル。記憶から消したい、やたらお金をかけたその装飾。

まごうことなき、黒歴史！！！

（なんで、なんであなたがそんなものを持っているの…!?）

「ああ、懐かしいな、これ、テイレシアの――――」

「――――カサンドラ、喰《く》いつかないで！！！」

「なぜ？　よく覚えているよ。特に第二章から登場する勇者って、キミの好きな――――」

「わぁぁぁぁぁぁぁぁぁっっっ！！！」

私は貴婦人が絶対あげてはいけない声をあげて、カサンドラが本に伸ばした手を払った。

緊急事態だ。

カサンドラの記憶からもとっくに消えた黒歴史だと思っていたのに！

私は、薔薇を手にしたまま、本を持ったヴィクターの手を握り、その手に力を入れながら、極力有無を言わさぬように、言った。

「……ねぇ、ヴィクター。今すぐ、うちの邸《やしき》にいらっしゃい??」

「テイレシア、私も……」

「カサンドラは駄目ぇ！！！」

私の悲鳴が生徒会長室にこだました。

◇　◇　◇

『鋼の乙女の英雄譚』は私が十四歳の時に書いた小説で、一言でいえば、お姫様が政略結婚から逃げ出し、騎士になって悪者たちをやっつけ、大活躍するお話だ。

とっても強くて、〈戦闘魔法〉もたくさん使える、『私の考えた最強のお姫様』（吐血）。

今から思えば、公爵令嬢で一応王位継承権も持つ自分を、美化して投影していた感はある。

（自分は剣一つ、まともに扱えないくせにね）

書きあげた当初は本当にお気に入りで、だから、わざわざ自分のお金をはたいて、活字にしてもらって装丁《そうてい》も凝《こ》って、本にしあげたのだ。

百冊も刷った。

（どれだけバカなの？　と四年前の自分に言いたい）

とってもお気に入りだったので外国にいる親戚にも送ったし、友達にもあげた。

ただ、アトラス殿下には見せないようにしていた。

彼はそれまでにも、私の小説を勝手に読んでは嘲笑《あざわら》ったり破ったりしてきたからだ。

だけど隠していたのを勝手に見られ、この小説には特に酷いことをたくさん言われた。

一番言われたのは姫騎士という主人公の設定について。ほかにも、自己投影が見えてみっともないとか、セリフが陳腐で臭すぎるとか、剣術の描写がなっていないとか、こんな勇者は時代遅れだとか……。

あげくにアトラス殿下は王妃陛下にまで告げ口したらしく、私は呼び出された上で、

『あなた、政略結婚から逃げる姫君の小説など書いているそうね。アトラスとの結婚に不満でもあるのかしら』

と嫌味を言われ……。

気合を入れて製本までしたこの小説の存在が、すっかり恥ずかしくなってしまった。

記憶から消したい黒歴史。なのに。


「……どうしてあなたがこの本を持っていたの？　ヴィクター」

「ええと、その、人からもらって」

「正直《しょーーーじき》に言ってくれる？」

「それは……あの、すみません。拾いました……」

そう、やはり誰かが捨てたのだわ。誰かなんてもう追及しないけれど。

――さっき、私が邸《やしき》にヴィクターを連れて帰ると、使用人たちが騒然となった。

まぁ、婚約破棄されてから二日弱で別の男性を連れてくれば、そういう反応よね。

サンルームにお茶とお茶菓子を用意してくれたけれど、使用人たちは気になる様子でそわそわとこちらをうかがっている。使用人の職業倫理としてはもちろんダメなのだけど、いつも一緒にいてくれた彼らなりに、心配してくれているのだと思う。

「でも……拾った本を読んでいたの？」

「……はい。面白くて。大好きで。何百回、繰り返し読んでいました。ゼルハン島で敵軍に囲まれていたときも、この本と一緒に」

目の前の、物語に出てくる騎士様もかくやというような美男子に、そんなふうに言われると、恥ずかしいを通り越してごめんなさいと五体投地《ごたいとうち》して懺悔《ざんげ》したくなる。

「ペンネームで書いていたのに、どうして私ってわかったの？」

「あ。そ、それは……まぁ、そのいろいろ、人に聞きました！」

そうね、仕方ないわよね。

装丁にうちの家の紋章入れてるものね……四年前の私のバカ。

「た、楽しんでくれたのは、書いた人間としては嬉しいわ……。でもね、この小説の存在は誰にも秘密にしておいてもらえないかしら？　私の立場的に、大衆小説を書いていたって知られると……まずいこともあるの」

「そう、なんですか？」

「ええ。それはもうとっても大問題――――だから、トップシークレットでお願い」

おもに羞恥心で私が死ぬ。

「それは残念です……できれば再版して学園の友達に布教したいと思っていたので」

即死するからやめて。

「第一章で魔導士の師匠が言っていたじゃないですか、『すべての本は一期一会』って」

「待って。セリフまで覚えてるの⁉」

「もちろん。第一章の最後で師匠が無実の罪で処刑台に上がるとき、姫にすれちがいざまにかけてくれる言葉も好きです。『いつまで自分を牢獄《ろうごく》にしばりつけているつもりだ。羽ばたくための翼はとっくに手にいれているくせに』」

「……………！！！！」

「それから、第二章の、船着き場で、姫が空を飛んでいる海鳥を見て――――」

恥ずかしい恥ずかしい恥ずかしい……。

ヴィクターはそのまま、各章についてどの登場人物が好きかとか、この場面が好きとか、そんなことを細かく語りだした。

セリフも一言一句覚えているらしい。やめて、死にたい。

四年前に帰って自分を止められたらいいのに……‼

「あの。続きは……書いていないんですか？」

「……もう、小説は書いていないの……」

と、精神的に瀕死《ひんし》の私は答えた。

「残念です。もし書いていたら、読ませてほしいなと思っていたので」

それ、結末で、結局姫と勇者が結ばれなかったからよね？

カサンドラにも『あれ？　この二人くっつけないの？』って言われたわ。言われたけど、あの時はお互いを想いながらそれぞれの道を行くのが美しい終わり方だと思ったのよ。ううう、恥ずかしい恥ずかしい恥ずかしい……。

（……って、いけない！　本来の目的を思い出さなきゃ）

ヴィクター・エルドレッドを諭して、貴族としての常識をわかってもらって、そのうえで求婚を諦めさせる。

それが目的だったのに。

彼と話していると何だかついつい……。

（……そういえば、一昨日から私、全然泣いていないわ）

貴族の女性として最大級に不名誉な婚約破棄というものをされて、普通なら傷心のど真ん中にいるはずなのに。

必死で取り組んできた王妃教育――政治学、帝王学、軍事戦略、宮廷作法、といったものもすべて無駄になってしまったのに。

明日も見えない立場で、もっと絶望にさいなまれてもいいはずなのに。

おかしい。なぜだろう。

ヴィクターのことで、ずっと頭がいっぱいすぎて。

ヴィクターと話していると、調子が狂って悩む時間がなくて。

……もっと言えば、いつもの私よりも、きっと素直だ。

「それよりあなた、これからしばらくは本当に気をつけて。王太子殿下の一世一代の舞台を壊してしまったのだから」

ただ、私には、ひとつ、どうしても彼に注意しておきたいことがあった。

「ぶたい？」

「ええ。一昨日のあれはね、『アトラス王子とエオリア王女の運命の恋』を演出する最も大事な舞台だったの」

そう言って、私は簡単に説明した。

王太子であるアトラス殿下と、私テイレシアは、祖父が兄弟で親戚同士。つまり私は、王位継承権も持っている王族だ。

先々代国王の第二王子だった私の祖父は、同盟国であるレグヌムという国の王族の姫と結婚し、私もその血を引いていた。

レグヌム王国は、文明・技術的には我が国の後塵《こうじん》を拝しているけれど、伝統的に魔法に強く、特に〈戦闘魔法〉に長けた軍事国家。魔法をほぼ捨てた我が国の弱点を補強する存在として縁を結んでいた。

アトラス殿下と私の結婚は、政治的に言えば、

一、同盟国との絆《きずな》をより強化する

二、王位継承権持ちの私を妃にすることで、殿下の次期国王としての立場をより強固にする

……という意味合いが強いものだった。

だけど、時間が経てば情勢も変わる。

私の大伯父（祖母の兄）であり、レグヌム王国の王族で有力な将軍だったバルバロス・マスフォルテ・バシレウス。彼が老齢になってから生まれた跡継ぎレイナートの母が異教徒であったことが問題視され、王家と宗教勢力ににらまれたバシレウス家は、レグヌムの中で力を落とした。

一方で、時代の変化によりベネディクト王国の中では、『あくまでも使う人間の才能に左右される魔法は時代遅れであり、魔法よりも科学技術の優れた国と縁を結ぶべき』という議論が強くなった。

とどめを刺すように、三年前、私は馬車の事故で両親を亡くした。

それらが合わさって、この王国の中での私の立場は、王太子の婚約者でありながら、このうえなく弱いものになってしまった。

一方、技術力、といえば、我が国よりも先進の、隣国ヒム王国。

ヒム王国のエオリア王女は、私の両親の死の直後から、私に代わる新しい婚約者候補として名が挙がっていた。

王女は昨年の九月からこちらの国に留学し、王立学園に通い始め、アトラス殿下との自然な出会いが演出されて……。

それからの二人は、まるで初々しい婚約者同士のようにふるまっていた。

「私も国王陛下の意図に気付いていたのだけど、そのうち内々にお話があるのかと思っていたの。まさか私に一切話がなく、パーティーの場でさらし者にされながらの婚約破棄になるとは思っていなかったわ……」

「その、演出？が必要だったのって、どういうことですか？」

「原因はね。そのテーブルの上の、ちょっとインクのかすれた紙の束よ」

「新聞が？」

従来、貴族階級のためだけにあった新聞は、近年、中産階級にまで広がっていた。

その新聞は貴族に気をつかうことなく、先代国王夫妻、現国王夫妻の夫婦仲の悪さが起こした王宮内の混乱や暗殺疑惑などなど、恥ずかしいほど見事にすっぱ抜いて国民に伝えた。

この国の王族や貴族はそもそも、恋も愛も不道徳なものと考えてきた。

〝王族・貴族は家のため血筋のために結婚しなければならない〟

〝恋や愛など結婚には厳禁。恋などしたければ、結婚してから配偶者以外に相手を見つけろ〟

『そのような考えが生んだ愛なき政略結婚、それが結局、王宮や貴族の家の中に大きな問題を生みだし、王政を乱しているのではないか？』

と、昨今の新聞は繰り返し国民に訴えている。

「いまや、新聞が作る世論を、王政は無視できなくなっているの。

『本人たちの意思を無視して強要された結婚は、一枚岩であるべき夫婦の間に亀裂を生じさせる。真に愛し合っている国王夫妻でなければ、真に国を守ることはできない』

そういう世論のせいで、王子のあからさまな政略結婚は反感を買う可能性があった。だから、エオリア王女とは愛し合って結婚したのだという物語を国民に見せる必要があったのよ。

……だから、私に相談が来るのだろうと思っていたのだけど、何もなくていきなり」

「……えーーー」

おもいっきり不満げな声をヴィクターが出した。

「結局それって、明らかに王子の不手際《ふてぎわ》じゃないですか？」

「……不手際？」

あまりに遠慮のない言葉にびっくりした。

「……あなた、今、アトラス殿下の不手際って言ったの？」

「一世一代の舞台なら、当然関係者全員、どころかオレたちモブまで根回ししとけよって話でしょう。当事者不意打ちで、何を得ます？　テイレシア様にさえお話ししていなかったなんて、王子の手際が悪いですよ」

「そ、それは……」

「それに」

ヴィクターは、私の手に、そっと自分の手を添えた。

「……テイレシア様にそんな顔をさせるなんて、許せません」

私の手をすっぽり包めるほど大きな彼の手。体温が高い。心臓に悪い。

そう、気づくのが遅れてしまった。

先ほど彼が渡してくれた薔薇は、棘《とげ》がきれいにとられていた。

私が指を突いてしまわないようにだろう。

「……続けるわね。いずれ同じ貴族同士になるといっても、あなたと私の身分差ではほぼ結婚できないし……たぶんだけど、私の新しい婚約者はもう、国王陛下が目星をつけていらっしゃると思うわ。陛下に近しい方で」

「……どうしてですか？」

「王家が手放すには、私の財産も血筋も惜しいもの。それに私の祖母の国レグヌムとの縁もなくなったわけじゃないし」

「そうじゃなくて、テイレシア様はどうしてそんなことを言うんですか？」

「え？」

「俺とは結婚したくなくて、その、まだ誰なのかわからない相手と、テイレシア様は結婚したいんですか？」

「……？」

いつの間にか彼の手は、私の手を強く握っている。

一瞬、さっきまで明るい好青年風だった彼の目が、十六歳とはとても思えない鋭いものになったように見えた。

それはまるで深い緑の宝石が、意思をもって輝きを変えたような。

ひときわ低くなった声にドキッとしたのは、恐かったからだろうか、それとも。

「……すみません。詰め寄りたいわけではないんです。何をしてもオレはテイレシア様の味方です。だから、もう決まっているだろう、じゃなく、やりたいことを教えてください」

「やりたいこと……？」

私の、やりたいこと。

『小説を書いているくせに流行りも押さえてないのか？』

『自分を投影しているのが、わかりやすすぎる！　読んでいる方が恥ずかしいな、こんなもの』

『演劇を見にいきたい？　へーぇ、またくだらない恋愛小説の参考にでもするのか？』

『どうした、色気づいて？　おまえにこんなドレスなんて似合いもしないだろうに』

「……………」

うっかり元婚約者の暴言の数々を思い出してしまった。

アトラス殿下は、外面が良くて国民にも見事に『理想の王子様』を演じてみせている分、身内に向ける態度は本当に酷い。

婚約者だということをいいことに、今まで、私の周りの細かいことを拾ってはねちねちといびって、私がやりたいこと、やろうとしたことを潰していった。

ひとつひとつ思い出すと、今さらだけど、ものすごく腹が立ってくる。

あれ、私これ、殿下と王家にすごく怒っていいんじゃない？

『いつまで自分を牢獄にしばりつけているつもりだ？』

さっきヴィクターが口にした小説のセリフが、まるで違うもののように頭の中で響く。

国王陛下はきっともう、私の新しい結婚相手の目星をつけている。

（……だけど、少なくとも建前上は今の私は自由だわ。だったら言われる前に先回り忖度《そんたく》して待っている必要、ないんじゃないかしら？）

そうよ、せっかく、酷い婚約者や将来の王妃の義務——具体的には激務と権力闘争と『男産め』攻撃を受けながらの妊娠出産——から解放されたんだもの。

これまで自分の望みをたくさん抑え込んでいた。

今ぐらい、やりたいことをやってもばちは当たらないのでは？

目の前の、見とれるほど素敵な男性は、それを応援してくれるという。

そうだ、何を我慢しなければならないのだろう？

「……ひとつ、正直に告白させて。あんな小説書いておきながらだけど、私、全然剣を使えないの」

「なんの話です？」

「だからもし、姫騎士とか、戦える女性が好きなのだったら、期待と違っているかも」

「そんなの関係ないですよ。テイレシア様は、オレが知る誰よりもカッコいい女性です」

今まで言われたことのない誉め言葉に面食らい、そして思わず私は微笑んだ。……きっと、私の生徒会での仕事を見てくれていたのね。がんばってきて良かった。

「もうひとつ。これから先、私に酷い悪評が立っても、問題ないかしら？」

「貴族社会のなかでは問題になるんですよね。大丈夫です。いざとなれば爵位なんか辞退して商売で稼ぎます。それでテイレシア様が良ければ、ですが」

彼の言葉を頼もしく思いながら、私はうなずく。

ヴィクターの求婚に乗ったり、それを前提とした交際をしたら、きっと私も、

『婚約破棄直後にすぐ次の男に乗り換えた。

しかも相手は平民、さらに国王陛下を通していない求婚を受けた』

という醜聞《しゅうぶん》の的《まと》になるだろう。

名誉第一の貴族社会では、醜聞が立ってしまうことは致命的とされていて、特に未婚の女性とその家族は、醜聞の的になることに恐怖している。

だけど、もう気にしない。

「国王陛下にお話しするわ、あなたのことを。もう先にご存じでしょうけど」

そして私は生まれて初めて、自分の意思で男性とお付き合いをするのだ。

■第2章　求婚者との交際は生きてるのが楽しいです

アトラス殿下の誕生日パーティーの次の休日。朝、約束通りの時間に、邸《やしき》にヴィクターが馬車で迎えにきた。

手足の長い身体をさらに魅力的に引き立たせる、大人の紳士のスタイル。

私より年下なのに、どうしてこんなにフロックコートが似合うのかしら。

「あの、テイレシア様、今日は、よろしくお願いします！」

きっちり九十度のお辞儀に、

「ええと……こちらこそ」

と戸惑った声を出してしまった。

「……すみません、こういうのは変でしたね。今日は、デートの誘いを受けてくださってありがとうございます。今日も綺麗《きれい》で素敵で最高に好きです」

最後の方もちょっと変な気がしたけど、頭上から（何せヴィクター、私より頭1・5個分ぐらい背が高い）綺麗とか素敵とか言われている恥ずかしさの方が勝って、思わずうつむいた。

そう、今日は、私とヴィクターとの初デートだ。彼と二人きりで出かける。

彼に手を取られ、馬車に乗り込む。向かい合わせに座る。

目が合うのが、やっぱりちょっと気恥ずかしい。

アトラス殿下と婚約していた時には、二人で出かけるようなこともなかったから、正直ドキドキする。

「国王陛下にお話ししてくださったんですね。うちに陛下から書簡が届いて、両親が目を白黒させていました」

「ご両親に叱られなかった？」

「叱られて呆《あき》れられましたけど、今日は来るときに激励されたので大丈夫だと思います」

ぐっ、と拳を握るヴィクターに、つい笑ってしまう。

――私はあの直後、国王陛下にヴィクターからの求婚のことをご報告し、まずは交際を考えたいとお話しした。

国王陛下は、ものすごく渋い顔で、

『今は平民だが、良いのか？　あの男は十八歳までは、平民だぞ？』

と、繰り返された。

でも、普段だったら、王族の女性が平民からの求婚を受けるなど非常識だと、即、却下されたと思う。タイミングがタイミングなだけに、こちらの非常識を咎《とが》めきれないようだった。それだけは、アトラス殿下に感謝しても良いかも。

一方、王妃陛下は、なぜか国王陛下より強く反対してきて、酷く罵倒されたけれど、私は心を無にしてその場を乗りきった。

かくして、結婚前提の交際の許可はおり、私は今日、ヴィクターと堂々と外出している。

(でも、リクエストしておいて何だけど、本当にあの場所でいいのかしら)

ほんのり浮かんだ疑問は、馬車に揺られるうちに、高まる期待の中で消えていった。

◇◇◇

「嬉《うれ》しい……一回来てみたかったの!」

私は思わず声をあげた。

目の前に広がるのは、朝から大盛況の本の見本市。

長い歴史を持つ書籍見本市《ブックフェア》だ。

世界中の最新の書籍が集まってくる。本好きにとっては、まさに天国!

「魔導書はここでも買ったんです。大半は新しい本ですけど、実は意外と古い本も発掘されて持ってこられてることも多くて。来るとしたら品ぞろえのいい朝からがいいですね」

「朝から来られてよかった!」

しかもヴィクターは書籍見本市《ブックフェア》のリピーターらしい。

午後から出掛けることが普通の貴族と違って、朝から気兼ねなく一緒に出掛けられるって、なんて素敵なの。

「……これ！　『ローレンシウス戦記』は本国では新刊が出てるのね。続きが気になる……がんばって原書で読んでみようかしら」

「南の大陸の言葉も読めるんですか！　すごいですね」

「うん、まぁ。王妃教育で習ったの。でも無駄じゃなかったわね」

「あっ、オレ買いますよ」

「ダメ。遠慮してしまうから自分で買わせて」

いろいろな本に、夢中になって見入ってしまう。

あの言語もいける。この言語も、まぁギリいける。こっちは……辞書があったら何とかなる気がするわ。ああすごい、多色刷りの本なんて素敵じゃない。毎日だって眺めたい。絵物語も面白そう。

私はついつい嬉しくて、会場中を回り、次々に本を手に取った――――。

◇　◇　◇

「……ごめんなさい、ヴィクター、自分が見たい本を見られなかったんじゃないかしら」

「気にしないでください。楽しんでるテイレシア様を見るのがオレは楽しかったので」

軽い昼食を挟んで、実に数時間。

見本市での買い物がついに終わった。

馬車の座席の両側に、私の買った本が、ずっしりと積まれている。

……自腹にこだわった結果、自制が利きませんでした。初デートで何という失態。

(もうちょっと、デートらしい場所をリクエストするべきだった？)

ロマンス小説しか恋愛のお手本がない私だけど、たぶん、ほぼ私のせいで、ロマンチックさとは程遠い空気になっている気がする。

(さすがに呆れているんじゃないかしら？)

恐々《こわごわ》、ヴィクターの顔を見る。

むしろニコニコしている。嬉し気にヴィクターが言う。

「あんなにはしゃいでいるテイレシア様を、オレ、初めて見ました！」

「そ、そう？」

初めて？　私たち、ほぼ会ったばかりだけど。

学園の中では確かに、公爵令嬢らしく生徒会長らしく、振舞っていたつもりだけど。

「遠くから見ていた時も、いつも麗しくて柔らかい優しさでそれでいて凛《りん》としていて、なんて素敵な女性《ひと》だろうって思っていたんですけど——こんなに可愛らしい人でもあるんだなって、今日は改めて思いました」

（……誰の話？）

遠くから見ていたっていうのは置いといて、ちょっと評価基準私に甘すぎない？

「……だから、喜んでくれて、本当に良かったです」

「…………！」

改めて噛《か》みしめるようにヴィクターが言ってくれた言葉が、胸にじんわり温かく落ちた。

そうね、すべてに『ふさわしさ』が求められた、王太子の婚約者だった時とは違うんだわ。私自身の喜びや楽しみを考えていいのよね。

買った本たちに目を向けてみる。いろんなジャンルの小説、戯曲、詩集、歴史書、論文集、神話や伝承の本。そして、多色刷りの画集。

あの婚約破棄まで私は、警護人という名の監視者や、王妃様から送られた侍女たちに、逐一素行をチェックされていた。

よくわからない判断基準で、

『このようなもの、未来の王妃たるテイレシア様がご覧になるべきではございませんわ』

と本や絵を取り上げられたことも、一度や二度じゃなかった。

自由、最高。

「あ、ごめんなさい。そこで降りてもいい？」

「どうかしました？」

「ひいきにしている文具のお店があるの。両親の形見の万年筆を修理に出していたから」

「いいですよ。この奥ですか？」

私たちは馬車を降りて、路地を奥へと入っていく。

この先にあるのは、腕の良い職人のいる小さなお店だ。

子どもの頃はお父様と来たっけ……。懐かしい気持ちになる。

「おいちょっと。そこの綺麗な姉ちゃん」

いきなり二人の男性が私たちの行方をふさいできた。

「……？」

後ろに目をやると、にやにやした顔で迫ってくる男性が、三人。合計五人。

……私たち、囲まれた？

「なぁ俺たちと遊びにいこうぜ。いい思いさせてやるよ」

「連れの男前に怪我させたくねぇだろ？」

芝居がかったような、わざわざ私たちを狙っていたような絡み方。

（……もしかして、これ……）

私が狙いなら、ヴィクターを守らないと。

リーダー格らしい男性と話すため前に出ようとすると、大きな手に優しく制止された。

ヴィクターが私の手にそっと手を重ねて、言う。

「テイレシア様。壁際に寄って、少しだけ、目を閉じていてもらえますか？」

「え？　ええ……」

戸惑いながら言われるままに、目を閉じる。

――――と。

何が何だかわからない物理的に不穏な音が私の周りで起きて、そこに男性の悲鳴のようなものが混じった。

何が起きているのか、目を開けて見たくなる衝動をこらえて、じっと待つ。

その時間は妙に長く感じた。

ばたばたという足音のような音が乱れて聴こえる。

「もう、いいですよ？」

「う、うん……」

ゆっくりと目を開ける。

男性たちが嘘《うそ》のように一人もいなくなっていて、私は一瞬ぽかんとしてしまう。

「行きましょう、テイレシア様」

土埃《つちぼこり》を払いながら、ヴィクターは笑んでみせる。

「必ずオレが、お守りしますから」

その姿に、『鋼《はがね》の乙女の英雄譚《たん》』の勇者のイメージがだぶった気がした。

◇　◇　◇

「…………かっ…………こよかった……」


その晩。

亡きお父様の書斎の机に向かっていた私は、無意識に頬杖《ほおづえ》をついて今日のヴィクターを思い返してため息をついた。

いや、目を閉じている間に男性五人をたぶん暴力（＋魔法？）で撃退しているし、というか私そもそもヴィクターを危険な目に遭《あ》わせてしまったし、年上の面目《めんぼく》が行方不明になってるし、こんな乙女な感情に浸っている場合ではない気がするのだけど。

理性ではそう思うけど、どうしてもやっぱり、こみ上げてくる行き場がない感情に悶《もだ》えたくなる。しびれる。

あんなにカッコいいものに遭遇したのは……以前、夜会でいやらしいことを言ってきた殿方をカサンドラがバシッと撃退してくれた時以来だわ。

（……そういえば、報告書で、過去に戦闘訓練を受けていたってあったわね。なぜ）

〈淑女部〉にヴィクターの隠れファンが密かに多い、という話は一年生から聞いた。

一方、〈紳士部〉ではそこまで目立つ生徒ではないそうだ。同じクラスの男子学生とは仲がいいとか、成績は優秀だけど貴族向けの科目で苦戦しているとか、実技科目では武術系の成績は際立っているとか……。

『特に第二章から登場する勇者って、キミの好きな――』

（わぁぁぁぁぁぁぁぁぁっっっ！！！）

唐突にカサンドラの言葉を思い出して、思わず頭を抱える。

……そうなの。似ているのよ。

『鋼の乙女の英雄譚』のメインヒーローといえる勇者は、これも言ってみれば『私の考えた最強の勇者様』（吐血）なのだけど、明るくて、傍《そば》にいるだけで元気をもらえるような好青年。人並み外れて背が高くて、性格的には王道の少年向け物語で主人公を務めていそうな人で、女性にも紳士で誠実だ。

そんな勇者は、主人公を姫君とは知らないけれど、一途に愛し、大切に守ろうとする。

でも主人公はそんな勇者に反発して『私が女だからと守ろうとするな！』って……うわぁぁぁぁぁっ！　回想で危なく精神的に死にかけた！

で、その勇者が、主人公の気づかないところで勝手に敵を倒してしまい、守られていたことをあとで知った主人公が怒って……（うわぁぁぁ）……ってこともあったわ。でも勇者は変わらなくて、残酷な光景が目の前に広がるときにも、『見るな！』って、主人公の目を手で覆って……（うわぁぁぁ）……。

詳細に思い出すと、一場面一場面が羞恥の地雷だらけで、また瀕死《ひんし》になる。

……改めて思うけど、よく書いたわね、四年前の私。

その恥ずかしさには悶えざるを得ないのだけど、でも、十四歳の私がノリノリで描きだしたその勇者の面影を、何だかヴィクターに感じるのだ。なんとなく、なぞっているような。

（まさか『鋼の乙女の英雄譚』を読んだせいで影響を受けているってこと、あるのかしら……）

だとしたら私、健全な十六歳男子の人生をゆがめてしまったのでは……。

（……って、いけない、いけない、仕事に戻らなきゃ）

私は、今日受け取ってきたばかりのお母様の万年筆を手に取った。

両親が亡くなって以来、この邸《やしき》の主人の仕事は私が務めている。

主にお金の計算や人員の配置、贈り物の手配、それから手紙の確認と返事など（学業と生徒会と王妃教育の上にそれらをこなしていた間は本当に睡眠時間が悲惨なことになっていたけど、今は婚約破棄のおかげで八時間眠れている。睡眠、大事）。

今日処理しなければならない書類を確認し、サインや書き物を終わらせた。

万年筆を綺麗にぬぐって、ペン立てではなくて専用の木箱に置く。

お父様のものと二本並んだ万年筆を指でなぞり、蓋《ふた》を閉じた。

◇◇◇

初デート以来、ヴィクターは学園の中でも私に会いたいと誘いをかけてくるようになった。

とはいえ、男女が密室で二人きりになるということは原則禁止だし、〈淑女部〉の領域の多くは男子学生立ち入り厳禁だ。生徒会長室はそうじゃないけど、あんまりヴィクターが生徒会長室に頻繁に出入りするのも、彼が好ましくない見られ方をしてしまいそう。

どうするかというと、ヴィクターはいつも、私の教室や生徒会長室あてに、誘いの手紙をことづける。

それを見た私が、彼が待っている場所に行くというかたちになる。

必然的に同級生たちにも、私たちが会っているのを知られることになる。

学園の中での私は、エオリア王女を除けば最高位の身分だ。そのせいもあって、あまりカサンドラ以外の生徒から進んで話しかけられることはなかった。

だけど最近は、級友と話しているときにしばしば、

「大丈夫ですの、テイレシア様。平民とのお付き合いなんて……」

「常識も何もかも、まったく違いますでしょう？」

といった、心配げな声をかけられる。

あまりに身分が違うということを心配している級友もいれば、

「て、手はおつなぎになったんですの⁉」

「どこまでお許しに⁉」

「平民って自由恋愛なのでしょう？　デートにもきっと慣れているのでしょうね」

「ヴィクター様もお手が早かったりされるのではなくて⁉」

「ちょっと！　はしたないですわよ⁉」

と、紅潮した顔で興味津々に聞いてくる級友たちもいて、そちらはつい、苦笑いしてしまう。

貴族令嬢は『恋愛』に密かな憧れはあっても、現実的にはほぼ無縁だ。

それが、身分的にも立場的にも一番『恋愛』からは遠そうだった私が、自分で選んだ男性と交際をすることになって、どんなものなのか気になって仕方がないのだと思う。恋愛未経験者同士で、ものすごく刺激的な想像をしてしまうみたい。

で、その交際の実態はと言えば。

……主に、〈紳士部〉〈淑女部〉共有の図書館で一緒に本を選んだり、ティーサロンでその本を一緒に読んだり、中庭でその話をしたり。

完全に本好き同士の行動。ロマンス要素は少ないかも。

私はとっても楽しいけど、一応婚約者として交際しているのだから、もうちょっと何か踏み込んだほうがいいのかしら。

でも、恋愛の参考資料はロマンス小説しかないので、よくわからない。

……ところで、初デートの直後、婚約破棄とヴィクターのことを手紙で伝えたレグヌムの親戚から、早馬で返事が返ってきた。

ベネディクト王家に婚約破棄について厳重な抗議文書を送ったという報告に添えて、自分自身で選んだ人なら応援するが困ったことがあれば遠慮なく言うように、という簡素な思いやりの言葉がつづられていた。

現在進行形でちょっと困っているけど、まさか、『男の子ってどういうデートを喜ぶの？』なんて、聞くわけにはいかないわよね。

「……顔に何かついてます？」

「い、いいえ⁉　そういうんじゃないの」

お天気のいい日に一緒に中庭のベンチに腰かけてお話ししていたら、うっかり考えごとをしてしまっていた。気づいたら近くにヴィクターの顔があるの、心臓に悪い。

気を抜くと本の話ばかりしてしまうもの。

ちゃんとヴィクター自身のことも聞いたり話したりしないと駄目よね。

少し考えて浮かんだのは「困ったこととか、最近ない？」……という、いかにも生徒会長らしい質問だった。

「困ったことですか？　今はないですよ？」

「今は？　前まではあったの？」

「少し前までは、テイレシア様に近づきたくても近づけなかったですから」

「え？　ああ、婚約破棄前は、護衛の人がいたから？」

「ええ、それと先輩たちが……たぶんアトラス王子の取り巻きとかだと思いますけど、〈紳士部〉の男がテイレシア様に近づこうとしてもいつも追い払われて、本当に、手紙を託すこともすれ違うこともできなかったんですよ」

「え、そこまで……？」

それはわかっていなかった。

単に男女別学だからほとんど〈紳士部〉の学生と話す機会がなかっただけかと思っていた。

ヴィクターが編入してから、あの二月のアトラス殿下の誕生日パーティーまで、四ヵ月。

その間にも、ヴィクターは私に話しかけようとしてくれていた……？

遠くから見ていた、という、彼の言葉を思い出した。

それは、私を遠くから見るしかなかったから……？

「だから」

ヴィクターは私の手を取り、口づける。

（……！！！？？？）

「こうして近くでテイレシア様とお話しできることが、夢のようです」

「そ、それは……」

前言撤回。まだちょっと、ロマンス要素は控えめで良いかもです。

◇◇◇

――王子の誕生日パーティーから三週間。

私は馬車の中で、先ほど買った新聞を見る。見出しは、

『傍若無人《ぼうじゃくぶじん》なる求婚者の恋、成就《じょうじゅ》するか⁉』

『エルドレッド商会の次男坊、前代未聞のロマンスの行方は‼』

新聞はまだまだヴィクターのことを面白おかしく書き立てている。

さっき見た素晴らしいお芝居の余韻も吹き飛びそうな記事だけど、向かいの席に座るヴィクターは、私の手元の新聞を見て、涼しい顔で、

「ああ、オレのことですね」

と、さらっと流している。強い。

「新聞は相変わらずね……。あなた、あれから何か嫌がらせされたりしていない？」

「ええと、三回ぐらい？　暴漢らしきものには遭いました」

「遭っているんじゃない！　大丈夫？」

「大丈夫ですよ？　大怪我は、させてない……はず……」

安心したけど、別方向で心配なこと言うのやめて。

「きっと、アトラス殿下か他の貴族の嫌がらせだわ。ごめんなさい」

「そんな！　テイレシア様のせいじゃないですよ。求婚した時から、どんなことが起きても受けとめるつもりでしたから、これぐらいは余裕で想定の範囲内です」

優しく笑むヴィクター。

彼が首を傾けた時、前髪が動いて、ふと、気づいた。

「額《ひたい》が赤いわ。どうしたの？」

「ああ、今日待ち伏せされたのはそこそこ強い大男で、最初パンチが避けきれなくて、額で受けたんです」

「額で⁉　痛かったでしょう？」

「痛いのは痛いですけど……額の正面、ここが頭蓋骨《ずがいこつ》で一番固いんです。頭突きする時もここを使ったりとか」

「……頭突きって何？」

「え？　首の力で相手に頭をぶつけて攻撃……いえ、そんなの、テイレシア様が知らなくて大丈夫です」

（結局、最終的に暴漢に、どう対処したのかしら？）

正直、聞くのが恐い。

そういえば彼は、『鋼の乙女の英雄譚』に私が登場させた魔法のうち、半分ぐらいは習得して使えるようになったらしい（読者恐い）。

何かオーバーキルな魔法を使ったりしていないでしょうね？

「ねぇ、ちょっと額を貸して？」

「え？　……はい」

「（う、顔が近い……）ちょっと待ってね。――〈治れ《サナ》〉」

私は、手をかざし、まともに使える数少ない魔法のひとつを、ヴィクターの額にかける。

「……あ、すごい。痛くなくなりました。これって」

「良かった。父が得意だった治癒魔法よ」

「ありがとうございます…！　初めてかけてもらいました」

ヴィクター嬉しそう。良かった。

私は子どもの頃から魔法が苦手で、がんばってもなかなか習得できなかった。おまけに邸に遊びにきたほかの家の子たちが、お父様から治癒魔法を教わって、さっと習得していたのがショックだった。でも、これも無駄じゃなかったのね。

――今日のヴィクターと私は、一緒に演劇を鑑賞し、帰りに食事をするべくレストランに向かっている。

私と彼の交際は、引き続き順調に進んでいる。

図書館で一緒に本を選んで、そのあと一緒に本を読む場所が、学園から私の邸《やしき》に変わった。それからお互いの蔵書の貸し借りもして、時々外にもお出かけした。文学者のサロンに連れて行ってもらうこともあった。

交際と呼ぶにはあまりにスローペース。

ただ、ヴィクターと仲良くなったその感想を、一言、言わせてほしい。大声で。

――生きてて、楽しい!!

女性だけだとなかなか行けないような場所にも、ヴィクターとだったら行ける。

女性があまり読まないような小説の感想なんかも、ヴィクターとなら言い合える。

それに彼の家が、事業のひとつとして成長途上の作家を応援しているらしく、有望な若手作家の小説などを読ませてもらえたりもする。

同じ本を読んで、好きな登場人物や好きな場面が同じ時も、違う時も、語り合うのが楽しくて、ヴィクターがいるだけで、読む楽しみが何倍にもなった。

抑圧されていたものが解放された感覚。

私の目に見える世界が、今までより明るく、ずっと色鮮やかになった。

（……その楽しさが、ヴィクターの我慢の上で成り立っていなければいいけれど）

そんな風に私はただただ求婚者と楽しい時間を過ごしているだけなのだけど、おかしなことに、今や、アトラス殿下とエオリア王女の恋よりも、『弱冠十六歳の平民が公爵令嬢を射止められるか？』のほうが、国中の話題になっているようだ。

だからだろうか。

最近学園や王宮ですれ違う際、アトラス殿下はいつも、ものすごい顔でにらんでくる。

今までずっと国民の人気を維持するために理想の王子様を演じ続けてきたアトラス殿下にとって、注目の的を私たちにさらわれるのは面白くない、というのはわかるんだけど……。

そのお顔、エオリア王女に見られたらどうするんですか？

というか、婚約破棄をしたのはそちらですよね？

「――あ、レストランに着いたわね。降りましょうか」

馬車を下り、店に入って席に着く。

ヴィクターが今回選んでくれたのは、ゼルハン島風の料理の店だった。

トマトやオリーブオイル、そして新鮮な魚介をふんだんに使った料理はとても美味しくて、ワインが進む。

「テイレシア様。あれから国王陛下には何か言われました？」

「いいえ？　アトラス殿下との婚約解消が正式決定してからは、何も……」

「やった！　それなら、もうテイレシア様は自由にしていいってことでは」

「どうかしら」

近頃の貴族は、中産階級や労働者階級が力を持ち始めたことを警戒し、『身分をわきまえていない』と非難する。

そういう意味では、ヴィクターの私への求婚もまた、『平民の思い上がり』として、貴族たちは良く思っていないはずだ。

「でも、アトラス殿下には、酷いこと言われたり、小説、破かれたりしたんですよね。いい加減テイレシア様も、自由にさせてもらえばいいんですよ。何かアトラス殿下にばちが当たれば、もっといいですけど」

「あはは、当たると嬉しいわ。ほんっと、そんなに私の小説が大嫌いなら読まなければ良いのにね」

ワインが回って、口も軽くなってきた。

「『鋼の乙女の英雄譚』の時は、『女騎士なんて〝くっ、殺せ！〟と言いながら酷い目に遭わされるのがお約束なのに、なんで主人公にしたんだ』とか言われたのよ」

「？？？？」

「学園を舞台にした恋愛小説を書いたときは『悪役令嬢を悪役にするとかバカか』って」

「？？？？」

「あと、『勇者はもっと嫌な奴にしないと駄目だ』とか、『年寄りの聖女なんて意味がわからん、美少女にしろ』とか」

「王子、流行《はや》りに毒されすぎでは？」

「そうよね。べつに流行りと違う小説書いたっていいわよね!!」

それは心の底から叫びたい。

「それから――――あ、そうだわ。あの人が婚約破棄の時に自分で言ってた〝真実の愛〟も、私の小説に対しては『近頃の大衆小説では揶揄《やゆ》の対象だろう』って、酷くけなしてたのよね」

「最後のものだけ、ずいぶんと詩的ですね」

「詩的。面白い言い方するわね。ヴィクターだったら、どう考える？」

「うーん……」

問われ、ヴィクターは首をひねる。

少し下の角度から見上げる、シャープなあご。

考えているときの伏せた目、と、まつげ。

無意識にあごに添えた、手袋を外した手の、血管。手の甲に走る筋。長い指。

（永遠に見ていられるわ）

血管や爪や骨格。全部好き。あらゆる造形を視界にいれていたい。もしいつか時間ができれば、油絵で描いてみたいぐらいだ。

「……愛や恋って、人によって違うと思うんです。そんな中で誰かが『これが本当の愛だ』って示しているのを見て、それとは違うものを愛として大切にしていた自分を否定された気になる……そういう人もいるんじゃないかと思いました。だから、その言葉自体を嫌いな人、どうしても貶《おとし》めたくなる人も、いるのかな……って」

「なるほど……慧眼《けいがん》だわ」

うなずいた瞬間、目が合う。

瞳の中の炎のようなものを感じて、鼓動が速くなる。

目が合っただけで好きだと言われた気になってしまう。こんな素敵な人に。そんな物語みたいなことってある？

「テイレシア様は、気になりますか？」

「え？」

「愛が、『真実の愛』かどうか」

ヴィクターの瞳が与える熱にドキドキしてしまって、答えられない。

つい、私は話題を変えた。

「せっかくだし、王子の話はこれぐらいにして、お芝居のこと話しましょ？　私、自分が見たい演劇を見たのは六年ぐらいぶりなの」

◇　◇　◇

翌日。

「ごめんなさい、昨日はものすごく酔ってしまって」

「いいえ！　帰られてからは気分悪くなかったですか？」

「おかげさまで朝まで熟睡……」

私は〈紳士部〉一年生の授業前の講義室に来ていた。

――昨日あれから、一緒に見た演劇についてヴィクターとじっくり語っていると、それはそれはワインが進んでしまい。

気持ち良くふにゃんふにゃんに酔った私は、彼にずいぶんと甘えてしまったのだ。

店を出ると、まだまだ夜は寒いこの時期、体温の高い彼の身体は寄り添うと気持ちよくて。

馬車のなかで、恥ずかしいことにずっとヴィクターに膝枕してもらっており。

よく考えたら、私の白粉《おしろい》やら化粧品やらが、彼の服についているはずだ。洗濯をする人、本当にごめんなさい。

背が高くて一回り私よりも厚い彼の身体は、私の（決して淑女としてはほめられたものでない）体重でも、びくともしなくて頼もしい。

子どもの頃に甘えたお父様の腕を思い出したりして、

（いやいやいや、私、彼より二つ年上なのよ⁉）

と朝起きてから自戒した。

「……楽しかったですか？」

「ええ、とっても」

すばらしい演劇。その余韻に浸《ひた》りながら、おいしい料理においしいお酒。

目の前には最高に素敵な男性。

こんなに幸せでいいのかと思ったほどだ。

……少し遠巻きに、ヴィクターの友人たちがこちらをはらはらと心配そうにうかがっている。

ヴィクターは裕福な育ちとはいえ、周囲より十数年遅れて貴族社会の常識を勉強しているところなので、

『こいつ、何か失礼なことしてないですか⁉』

と危惧《きぐ》しているのらしい。

（皆に好かれているのはよかったけれど、できればもう少し目立たないように心配してあげてほしい。ちょっとかわいそう、ヴィクターが）

「次はどこにしますか？」

「そうね。少し考えたいのだけど」

「じゃあ、候補をあげておいてもいいですか？　花を見に行くのと、絵を見に行くのと」

「心当たりがあるの？」

「両方、うちです」

「…………」

「ダメですか？」

なるほど、家に来てほしいのね？

そういえば、王子の部屋にも呼ばれたことのなかった私としては、殿方の家をご訪問すると言えばお茶会や夜会へのお呼ばれぐらい。

彼の育った家を見るのも、なんだか新鮮だ。

それに、ちょっと別の関心もある。

「……じゃ、そうしましょうか？」

ぱあっと嬉しげに輝く彼の顔が、少し面映ゆかった。

◇◇◇

――次の休日。

「これが、エルドレッド商会創業の時に、最初につくられた倉庫なのね！」

歴史ある海運倉庫の建物を見るなりテンションを上げた私に、

「……そんなに喜びます？」

と、解《げ》せない顔をするヴィクター。

「だって、創業のエピソードがすごく面白いじゃない!! 創業者のハルモニア・エルドレッド嬢が海賊にさらわれたときに、たった一人で逆にその船を奪い取ってきて、その船で運送業を始めたんでしょう?」

「よくご存じですね。オレの高祖母です。百年前ですし、まだうちの国でも戦闘魔法を使ってた頃だと思います」

「少し前に演劇にもなっていたでしょう。見に行きたかったなぁ……」

そう、私はもともと彼の先祖にも興味があったのだ。

歴史があるのは、貴族の家だけじゃない。

商人でありながら武闘派で、数奇な人生で国をも動かした彼の先祖ハルモニアは、この国の歴史好きにはたまらない人物の一人だ。

商会の建物から内陸に少し上がったところに、エルドレッド本家の邸宅があった。

「……素敵ね」

創業者ハルモニアが建てたという邸《やしき》は荘厳な造りで、とても美しい。

私自身は、ヴィクターの案内だけで十分だったのだけど、さすがに公爵令嬢という高すぎる身分の人間にそれは……ということなのか、商会の当主であるというヴィクターのお父様、お母様が出ていらっしゃって、あちこちを案内してくださることになった。

お二人とも大変恐縮されていて、お仕事の邪魔をしているようでとても申し訳なかったのだけど、とりあえずは歓迎してもらえているみたい。

まずはお庭の池の、見事な水仙を見せてもらう。

神話からこれを自己愛の花だという人もいるけれど、この花独特の清廉《せいれん》な美しさが、私は大好き。

広いお庭の中には、それ以外にも、ミモザにマグノリア、フリージア、その他。色とりどりで、視覚が幸せ。

「結構種類が多いでしょう？　ハルモニアは、花が好きな夫のために、遠出をするたびに珍しい花の種や苗を持って帰ってきたんだそうです」

「そうなの⁉　そんなロマンチックな理由でできたお庭なのね」

「季節によって咲く花も変わるんですよ」

なんて楽しみな情報。ぜひまた来たい。

そのあと、私たちは建物のなかに入る。

「ここの螺旋《らせん》階段は、ハルモニアが初孫の誕生日を祝って増築したものです」

「ああ、だからここだけ少し様式が新しいのね」

「ええ。彼女の孫たちはこの階段がお気に入りで遊び場にしていたそうで。だからこの辺りとか、けっこう傷だらけなんですよね」

「へえ……本当ね！　やんちゃな子たちだったのかしら」

歴史上の好きな人物が建てたお邸《やしき》を、子孫だけが知っている情報の解説付きで案内してもらえるなんて、贅沢《ぜいたく》すぎない？

そして少し歩くと、目に入るのは、壁にかかる数々の素晴らしい絵画。

歴史的な価値のあるものもあれば、最近名を上げている画家の作品もあって、数が多いのに質が素晴らしい。

そして。

(すごいいいいいいいいいっっ‼　どうやったらこんな艶《つや》やかな肌が描けるの‼　どんな画材使ってるのかしら。そうか、虹彩《こうさい》をこう入れるのね。それで瞳のきらめきに、ニュアンスが……)

「……あの、テイレシア様？　その絵になにか？」

「い、いえ⁉　別に⁉」

絵を眺めているうちについ、別方向の趣味心《オタク》がうずいて見入ってしまったのだった。

◇　◇　◇

邸中をたっぷり堪能した私は、創業者の肖像画が飾ってある応接室で、ヴィクターとお茶をいただいた。

出された紅茶は香りがよくて、パイをはじめとしてテーブルに並んだお菓子もとても美味しい。

「……なんか、すごく満足そうですね」

「ええ！　ここで育ったヴィクターがうらやましいわ」

「そんなに⁉」

楽しすぎて寿命が三十年ぐらい延びた気がする。『鋼の乙女の英雄譚』の件で散々瀕死になったから、きっとちょうどいいぐらいなんじゃないかしら。

「それにご両親、とても素敵な方々だわ。礼儀正しくて優しくて、それでいてさらりと距離をとってくださって。余計なことを聞いてこないし」

「余計なこと？」

「『ほんとにこいつでいいんですか？』ってあなたの級友にもう十回ぐらい聞かれてるのよ、私。ちょっと多すぎない？」

「…………」

そう。あえて聞かない、というのは、勇気のいることだと思う。

ご両親もたぶん、大事な息子と、身分が高すぎる異分子の私との交際に、不安はあるはずだ。

でも、腹をくくっていらっしゃるのか、根掘り葉掘り聞いたりしてこなかった。

強いて言えば、ヴィクターのお母様が、

『国王陛下のお許しがおりましたら、結婚式の計画やドレスの準備など楽しみにしております。選りすぐりのものを好きなだけ着ていただけますから』

とおっしゃっていたぐらい。

ヴィクターもそうだ。

交際を申し込むときもただ私の選択に委ねてくれたし、交際してからも『オレでいいんですか？』というようなことは聞かない。

それ以外にも、きっと私の気付かないところで色々気をつかってくれているからだろう、私は今、自分でも不思議なほどヴィクターにたいして不安がない。

いや、不安と言えば、ひとつだけ。

「ねぇヴィクター、次はあなたが行きたい場所にしたいわ」

「オレの、ですか？」

「気になるのよ。私の好きなものを話したときに『それはオレも好きです』とは返してくれるけど、他は何が好きなのかなって」

「テイレシア様の、小説が」

……って、言ってくれるのは嬉しい。嬉しいけれど。

「――――じゃなくて、その。もう少し、本当のあなたが見たいというか」

あ、しまった。

選んだ言葉が、失敗だったと口から出た直後にわかった。

笑みを浮かべていたヴィクターの表情がそのまま、固まったからだ。

「さ、さくらんぼの砂糖漬けいただくわね⁉」

気まずい空気のなか、私がお菓子に手を伸ばそうとした、その時。

「⁉」

ぐっと引き寄せられた私は、ヴィクターの腕の中に、抱き締められていた。

「えっと……ヴィクター？」

よく考えれば、お父様以外の男性に抱き締められたことなんてない。

固くて不思議な熱さに満ちる彼の胸。

彼の顔が見えない。

呼吸が、耳のすぐそばに降ってくる。

どうしたらいいの。

「………すみません」

永遠とも思えるほど長いような、そんなに長くなかったのかもしれない時間のあと、私はヴィクターの腕から解放された。

彼の熱は、服越しに身体に刻み込まれていた。

◇　◇　◇

その日、馬車で送られて邸に帰った私は、机に向かい、万年筆で手紙をつづった。

私を邸まで送ってくれたヴィクター。馬車を降りた時に手に口づけてはくれたけど、今度は抱きしめてはくれなかった。

やりすぎた、という思いがあるように、何となく感じた。

彼の愛情は疑っていない。好いてくれる想いは、ただただ真っすぐに私に伝わってくる。

だけど、本当の彼自身のことは、ある領域から先は、見えない……と思う。

抱きしめられたときの熱を覚えている。

『鋼の乙女の英雄譚』の勇者は、感情にまかせて姫を抱きしめたりしない。

だから、あのときは戸惑《とまど》ってしまったけど、あれがヴィクターの素の部分が出てしまったものなら、嬉しい。

家に来てほしい、と言ったのも、私を喜ばせようとしてというより、ヴィクター自身の望みだったんじゃないかなと思う。

そんなふうに、彼の望みを知りたかっただけ。

学園に行けば、彼に会えるのはわかってる。

だけど、その場だと、大事な言葉が出てこないかもしれない。

万年筆を走らせると、思いのほかすらすらと言葉が出てきた。

『……私はあなたといられて、とても自由で心地よく、幸せに過ごしています。ただ、あなたがあまりに紳士的で優しくて、なんでも私の望むことをしてくれるので、私に合わせすぎているのじゃないかと不安になります。ただでさえ私の方が、身分が高すぎるから。もしよかったら、私にもあなたのわがままを聞く機会を……』

「できたわ！」

なんだか筆が乗って、とってもいい感じに書けた気がする。

念のために読み返す。

「…………」

（え、恥ずかしい、何これ。私が書いたの？）

手紙って……こんなに恥ずかしいものだったっけ？　小説以上にこれって……。

（……これ、ヴィクターに渡すの……？）

ヴィクターに送るか、やめるか、一晩迷って、迷って。

朝、学園に登校してから、好きな詩集に手紙を挟んで、一年男子の教室へと、ことづけた。

放課後、嬉々《きき》としてヴィクターが生徒会長室にやってきたのは言うまでもなかった。

＊　＊　＊

（くそぅ……よくもこの俺の、王太子アトラスの求婚の場を潰《つぶ》してくれたな……ヴィクター・エル

ドレッドめ……無礼で不埒《ふらち》な平民め）
十八歳の誕生日パーティーの夜以降、俺は生意気で忌々しい平民の存在に悩まされていた。

――発端となった誕生日パーティーの夜。

「アトラス殿下、わたくしたちのしようとしていることは、本当に正しいのでしょうか……？」

涙のにじんだ目で俺を見上げるエオリア王女の可憐《かれん》な美しさに満足しながら、彼女の滑らかな肩に優しく手を置いた。

「大丈夫ですよ、エオリア王女。

心に逆らい、愛のない結婚をすることこそ、神の御意思を裏切る行為。

結婚まであと四ヵ月、準備が進んでしまっているからこそ、今、解消するしかありません。

遅れれば遅れるほど、傷つける人を増やしてしまう」

「そ……そうですわよね」

華奢《きゃしゃ》な美少女は、俺の腕をつかみ、「お慕いしております、アトラス殿下」と呟《つぶや》いた。

すでに両親や閣僚への根回しは十分に終わっている。

テイレシアの処遇についてもおおむね、意見がまとまっている。

あとは、どれだけ、婚約解消をドラマチックかつ、反感を買わないものに演出するか、だ。

結婚予定の日までの時間は十分にある。

相手としても、テイレシアよりもエオリア王女のほうが、身分が高く、かつ、国益にかなう。

淑女としてのたしなみに精通し、語学にも長《た》けており優秀だ。

容姿も美しく気品にあふれ、まさに王妃としての品格を備えている。どれをとってもテイレシアの上位互換だ。

そのうえで、王子である俺がエオリア王女と愛し合っているとなれば、鬱陶《うっとう》しい新聞書きの連中からしても、文句を言う要素はないだろう？

そのあたりは、テイレシアと違って、愚民どもの考えもよく研究し、理解しているこの俺だからこそ、婚約解消において何が愚民どもの反感を買うか、きちんと押さえているのだ。

失敗のしようがない。

そして、この夜のことが新聞に書かれ、〝禁断の恋〟はやがて王に認められ（るという体《てい》をとり）、俺たちは、国民に祝福される結婚をするのだ。

「テイレシア。どうか、理解してほしい、この真実の愛を。

君との婚約を解消させてくれないだろうか」

俺はあえて『真実の愛』という言葉を選んだ。テイレシアも自作の小説の中で登場させていた、使い古された甘い言葉を。自分はかけらも信じていない言葉を。

青ざめたテイレシアの顔。

こんなに完璧な王子の俺から婚約を破棄されれば、本当にショックだろう。

かわいそうに。俺に惚《ほ》れていたんだろう？

だが、俺には、国のため民のため、国益をもたらす結婚をするという義務があるのだ。

おまえが妻ではダメだった。

「――婚約破棄を、受け入れますわ」

さすが、我が婚約者どのは、きちんと空気を読む。口もとがほころぶのが抑えきれない。

では、テイレシアを慰める言葉を。

そして、エオリア王女への求婚を。

俺が口を開いた、その時。


「じゃあ、オレ、平民ですけど新しい婚約者に立候補します!!」


馬鹿みたいな大声が、俺の声をかき消した。

（……なんだ？　いったい!?）

混乱している間に、その声の主《ぬし》が前に駆け出てきた。

俺よりも背が高い、そして妙に存在感と態度が大きい。なんだこの男は。

「かねてよりお慕いしていましたテイレシア様、下賤《げせん》の身であるうえ、王太子殿下が婚約者であるならばとあきらめておりましたが、千載一遇のこの機会、ぜひテイレシア様に求婚させてくださ
い！！！」

乱入者は、一息に言い切った。

（……は？）

なんでテイレシアなんかに求婚する奴が現れるんだ？

俺は隠さず舌打ちした。想定外だが、この世にはこういう変わった生き物もいるのだろう。

そうだ、さっさとテイレシアが断れ。

そうすればこいつをつまみ出せる。俺の大切な求婚を邪魔されてなるものか。

「――――あ、あの……」

どうした、テイレシア？

国王陛下の許可なくおまえが結婚できるわけがない。

おまえがすべきは、今すぐその山猿を、王族らしく無礼者と一喝することだ。

おまえらしくないぞ、テイレシア？

もしかして、混乱している？

「……どちらさま、ですか？」

（はああ!?）

誰かが吹き出した……のに釣られ、会場の中は大爆笑に包まれてしまった。

割れるような笑い声のなか、俺は、その場の空気がここから二度と元には戻らないものであることを思い知った。


――――そしてその求婚の失敗は、一ヵ月後の今日まで引きずっていた。

「今日も白薔薇《しろばら》のように麗しいエオリア姫。貴女《あなた》の美しさには及びませんが、どうぞこの花を、貴女に」

「まぁ！　なんて美しい薔薇!!　今日もありがとうございます。お会いするたびに素敵なお花をいただいて、うれしいですわ」

可憐なエオリア王女の笑顔が今日も美しい。

王立学園のなかには、寮に特別室を与えられている学生が、何名かいる。

この俺アトラスもそうだが、エオリア王女は、〈淑女部〉の寮で一等良い部屋を与えられている。

彼女がいなければ公爵令嬢であり王族であるテイレシアが入っていたはずの部屋だ。

寝室と応接室、勉強部屋が続き部屋になっており、エオリア王女のそばには常時三人以上の侍女がついている。

この日俺は、〈淑女部〉の寮への立ち入り許可を得てエオリア王女の部屋を訪れていた。

「花だけではなく、心ばかりの贈り物も用意させていただきました」

部屋の外に待たせていた従者の手から、プレゼントの箱を受け取ると、エオリア王女の目の前で、その箱を開いて見せる。

「……これは……なんて素敵な真珠のネックレス」

「海に面している我が国では質の良い真珠が取れるのです。朝露きらめく花のごとく美しい貴女にはきっと似合うと思い、選ばせていただきました。どうぞ、おつけさせていただいても？」

「そんな、申し訳ないことですわ」

「どうか遠慮なさらず。失礼いたします」

俺は後ろを向いたエオリアの首に、繊細な細工で彩られた真珠のネックレスをつけた。

「よくお似合いですよ、エオリア姫」

「おそれおおいですわ。もうすでにたくさん宝石もドレスも素敵な小物もいただいていますのに。でも、わたくし、アトラス殿下にこんなに愛していただいて、本当に幸せですわ」

きらめくような笑顔。

そう、女はこうあるべきだ。わかりやすいもので喜び、素直に受け取り、喜び方もわかりやすく。何より笑顔が美しいこと。

それでこそ男にとって贈りがいがあり、それでいて男が贈り物に頭を悩まさずに済むのだ。

まぁ、テイレシアには宝石など贈ったこともないが。

――いや、どうした。なぜここで俺は、テイレシアを思い出す？

「どうされました？　アトラス殿下」

「いえ。貴女の美しさについ見入って呆《ほう》けてしまいました。ご無礼を失礼いたしました」

「まぁ、そんな!!」

「そんな貴女を、つぎの休日ぜひエスコートさせていただきたく……」

間を空けず贈り物を贈り続けているのも花束も、あのオレンジ頭の山猿がエオリア王女への求婚に水をさしたせいだ。

もう一度、美しいエオリア王女にふさわしい求婚の場を用意しなければならないのだ。

腹案は十分、あとは王女が――


「――すごく素敵ですわ、テイレシア様！！！」

窓の外から黄色い声が飛んできて俺の言葉はさえぎられた。


「本当!!　かっわいいです！」

「本当にお似合い!!」

「器用ですわね、ヴィクター!!」

「…………」

「ど、どうされました？　アトラス殿下？」

「いいえ、エオリア姫。少し中庭で羽目をはずしすぎている者たちがいるようですので、注意をしてまいります」

俺はまた邪魔をされ、気を散らされたことに、腸《はらわた》が煮えくり返っていた。

足早に、エオリア王女の部屋を出、面食らって追いかけてくる従者を後につれながら、中庭を目指す。

外で話しているのは女子学生たち、そしてその場にはテイレシアとヴィクター・エルドレッドがいるらしい。

テイレシアもテイレシアだ。あんな平民の男になびくなんて、王族の誇りもないのか⁉

そんな奴らが、俺とエオリア王女を差し置いてこの国の話題を独占するなど、言語道断――

思い知らせてやらなくては‼

「ほら、手鏡をご覧になって、テイレシア様‼」

中庭のベンチに座ったテイレシアの周りに、女子学生たちが四人も集まっている。一人が、テイレシアに手鏡を渡す。

（──髪か）

いつも、簡単なまとめ髪のテイレシアが、凝った編み込みもいれながら、女らしく華やかな髪型になっている。

そうなっている原因は、テイレシアの後ろにいる。

彼女をベンチに腰かけさせて、あの山猿、ヴィクター・エルドレッドが、彼女のダークブロンドの髪を編んでいるのだ。

「ねぇ、ヴィクター……。こんな、人前で髪を編んでもらうなんて、ちょっと、恥ずかしいわ……」

「わがままを言っていいとおっしゃったのはテイレシア様のほうですよ？」

「そ、そうだけど……!!」

「素を出して良いということなので、これからは遠慮せずいかせていただきます」

ニコッと微笑むヴィクターに、「うーん……」とうなるテイレシア。

「大丈夫ですわ！　テイレシア様、お美しいからとっても似合いますわ！」

「そうですわ。こんな素敵な髪にしてくださる旦那様がいらっしゃるなんて、うらやましいことですわ！」

（……まて、女子学生ども。おまえたち本気で言ってるのか？）

髪など、使用人が結うものだろう？　百歩譲って美容師だろう？

「で、仕上げにこちらを」

パチリ、という金具の音とともに、最後にテイレシアの髪を彩ったのは、大粒の緑色の宝石をダイヤモンドが取り巻いた髪飾りだった。

「綺麗……!!」

「テイレシア様に似合いますわ！」

「え？　何？　何をつけたの？」

テイレシアの反応に、女子学生たちが鈴を転がすような笑い声をあげた。

――元来、貴族の未婚の男女は空間から区分けされるべきものだ。

俺は適当に女と遊んではきたが、さすがに学園のなかで異性とはしゃいだりはしない。

この学園の中でふざけあうとは、なんて不道徳なことか。

一喝してやろう。この俺が叱れば、涙目でひれ伏すだろう。

そう思って俺は彼らのほうに向かって歩きだそうとした。

………足が動かなかった。

（…………！！？？）

口を開こうとした。

口は開いたが、喉の奥から声が出てこない。

いったいなぜ⁉

俺は焦った。

どうしたんだ、何が起きたんだ。

何だ？

魔法を使われている？

まさか？

思わずヴィクター・エルドレッドを見、タイミング悪く目が合ってしまった。


（────────……！！？？）


女どもは誰も気づいていないだろう、あまりに鋭い、鍛え上げた鋼《はがね》の刃《やいば》のような眼光に、俺の背にぞくりと悪寒《おかん》が走る。

一瞬だけのことだったが、俺の記憶に刻まれ、頭から消えない。

なんだ、こいつ……？

いったい、何なんだ⁇

──どれほどの時間、俺は動けずにいただろうか？

まもなく、テイレシアとヴィクターは、女子学生たちと別れ、こちらに歩いてきた。

俺に気づき、軽く会釈するテイレシア。

俺を見るたびおどおどしていたくせに、今日は隣にヴィクターがいるせいか、背筋をぴんと伸ばしたまま、堂々とまっすぐにこちらを見る。

(────こいつ、こんなに美しかったか?)

彼女が通りすぎる一瞬、その髪から嗅いだことのない香りがした。

そして、髪を彩った髪飾りに、俺は瞠目《どうもく》する。

見事な大粒のエメラルド。質の高いダイヤモンド。精緻なプラチナの細工。宮廷晩餐会《ばんさんかい》につけるクラスのクオリティの宝飾品だ。

ヴィクターがすれ違い様にちらりと俺のほうを見た。

これだけのものを自分はテイレシアに贈ったのだと誇示しているのか? テイレシアも髪につけられたから、その宝石の質の高さに気づいていないのか?

(クソッ……)

彼らが通りすぎていったあと、俺は地面を蹴りつけた。

(クソッ、クソッ、クソがぁッ……)

離れた位置で待機していた従者が、戸惑ったようにこちらを見ている。

誰が見ても俺のほうが、俺がやっていることのほうが、〝理想の王子様〟のはずなのに。

　このまま決着に時間がかかっては、次期国王としての俺の評価にかかわる。

　国民からも、どのように思われるかわからない。俺は早くエオリア王女との正式な婚約を結ばねばならない。

　しかし、テイレシアをこのままにはできない。

　これまでもヴィクター・エルドレッドのもとには、俺の取り巻きを通じて荒事に強い男どもを何度も送り込んだ。そのたびに聞くのは、雇われた男たちがいとも簡単にヴィクターに一蹴されたという報告だった。

　まさか本当に平民と結婚などしないだろうが、俺はテイレシアを早急になんとかしなければならない。テイレシアは、未来の国王たる俺にとって、必要な駒《コマ》なのだ。

　そして放置できない危険物でもある。

　放っておいて、万が一、あいつに奪われでもしたら……。

（ヴィクター・エルドレッド、あの疫病神め……）

　俺を苛立たせる最悪な下級生を、俺は呪った。

＊＊＊

「似合うじゃないか。ヴィクターかい？」

私、カサンドラ・フォルクスはつい思ったことを口にしてしまった。

王立学園〈淑女部〉生徒会長にして、我が聡明《そうめい》なる美しき友人である公爵令嬢テイレシアは、執務机に向かい粛々と仕事中である。

そんな彼女を、いつもより一層美しくしていたのは、彼女に似合うように編み込まれた髪と、それに合わせて留められた髪飾りだった。

「うん、さっき中庭でヴィクターがしてくれたのだけど……何だか注目を集めて恥ずかしいわ」

「髪飾りがいいね。まさにキミのためにあつらえたような」

「そうなの？　どんなのかしら。今日はずっと外さないでってヴィクターに言われているから、夜に外したときに見てみるわ」

「ヴィクターの瞳の色と同じ緑だね」

「うわぁ！　それでだわ。なんだかみんなに見られてると思ったら‼」

顔を覆い、恥ずかしがるテイレシア。私の親友、今日も世界一可愛い。

「何だか、ヴィクターと距離が近くなったようだね？」

彼女が心をときめかせるものなんて、長年、物語か絵の中にしかなかった。

だけど今それは、現実世界に存在する。

彼女の笑顔が増えるほど、私は嬉しい。

「そうね……。もう我慢しない、んですって。本当のあなたが見たい、とか、私が偉そうなことを言ってしまったから。そういうことじゃなかったんだけど」

「本当のあなた？」

「……ああ、やっぱり、忘れて？」

顔を両手で覆って、ふるふると首を横に振っていたテイレシアだったけれど、

「教えて、テイレシア」

と私が近づいて耳元で言うと、あきらめたように両手を顔から離した。

「たぶんヴィクター、わりと無理してるのよね」

「!?　な……なんでそう思った、の？」

「私に合わせて、好青年の演技をしているのだと思う。お茶会や夜会で『理想的な公爵令嬢』を演じて『殿方を楽しませる会話』をしている合間にふっと鏡を見たときの私と、近い表情をしているときがたまにあるのよ、ヴィクター」

「…………」

どんな顔だろう。

「裏表のない人間なんてほぼいないと思うし、それでもよかったのだけど、つい、口にしちゃった

の。もう少し楽にしていいのに、と思って」

「そうか……」

さすがに、十四歳のときの好み、そのままではなかったか。

「ねぇ。もし、彼に裏の顔があるとしたら、テイレシアはヴィクターを嫌いになる？」

「いいえ。だから、言わなきゃよかったって、思っていたのよ。どういう自分でありたいかなんて、本人が決めることなのに。真実の、とか、本当の、なんて、他人が決めつけることじゃないのに」

「そう、良かった」

「カサンドラ？」

「大丈夫、ヴィクターは良い奴さ。キミは心配しなくていい」

そう言いながら私は、テイレシアの頭をなでた。

「ああ、でも今日はアトラス殿下に会ってしまったから、それはちょっとこの後が心配かも」

「せっかくの髪飾りなのに、嫌がらせされると嫌だなぁ。ちょっと見てあげる」

「え、でもカサンドラ」

私は眼鏡をはずし、テイレシアのあごをちょっと持ち上げて、顔を見つめる。

「――――〈予知透視《プロヴィシオ》〉」

フォルクス家が代々継承している魔法は、『未来を見る』ものだ。

この予知魔法を使うと私の視界にあるものや人の未来の可能性を視認することができる――実際に見える光景に、起こりうる未来が多重に映って見えるのだ。

その中でも私は、悪い未来を見ることに特化していた。

ただ、いくつかの制約はある。

意識しないと使えないこと（だから災害とか事件を事前に察知、とかはできない）、視界にないものの未来は観測できないこと、観測できてしまう未来の分岐が無数にありすぎていくら集中してもすべてを読み切れないこと、毎回それなりに脳に負担がかかること……など。

ただ、今日この後にあるちょっとした不運を避けたい、とかなら、だいたい問題はない。

「――そうだね、帰るときに、ティーラウンジを通るのは避けて。そうしたら今日は、テイレシアがアトラス王子と遭遇する可能性はないから」

「もう……ありがとう。でもその力、無理しないでね」

少々の無理なんていくらでもする。キミを幸せにするためになら。

■第3章　王子の動きがなんか不穏です

もう、三月も終わろうという頃。

私たちの卒業まであと三ヵ月あまり。

「――――はぁぁぁ……面白かった……」

初デートの見本市で買った本の最後の一冊を読み終えて、私は満足して本を閉じた。

いい天気のその日、私たちは、エルドレッド邸のテラスで、お庭のお花を見ながら、読書に興じていた。

ヴィクターは私おすすめの推理小説を読み進めている。

「神話をもとにした小説の中でも、この作家の書くものは最高だわ……。キャラクターの一人一人が本当に魅力的なのよね。それにもとの神話だと後味が悪い話でも、うまくアレンジしていて読んでいて救われる感じがするわ」

「ですよね。本来の神話の解釈の範囲だけど、ちゃんとカタルシスが効いてます。心理描写の巧みさがあってこそですよね……神々のキャラ付けも違和感なく、かつ新鮮で」

「そうそう！　神としての善性と、超越的存在として人間を見下す傲慢さ、そういう二面性を描くことで深みが増していると思うの！　……って、ごめんなさい、また語りすぎたわ」

ついつい力を入れて語ってしまった。ヴィクターは首を振る。

「全然気にしないでください！　というかむしろ語ってください」

「でも………そろそろ、うっとうしいでしょ？」

「テイレシア様の考え方や解釈、聞くの好きなんです」

そう言われると嬉《うれ》しいようなむず痒《がゆ》いような、やっぱり嬉しいような気持ちになる。

「そう、なの？」

「ええ。楽しいですよ。好きな人がどんな風に考えるのか、感じるのか、どんなことでも知って楽しいですし、それを語るときの楽しそうなテイレシア様を見るのが嬉しいです」

え、全肯定？　聖人なの？

……と一瞬思ったけど、ハッと気づく。

私もだ。

ヴィクターが何を考え、どんな風に思い、何を感じているのか。知りたい。

知ることができたら、嬉しくて楽しい。

そして最近は前よりも、突っ込んだ話をしてくれる。

そういう瞬間に、私に合わせたのじゃないヴィクターの本質にちょっと触れた気がして、喜びがこみ上げてくる。

「テイレシア様って、神話や伝承の中にも人間の普遍的な性《さが》みたいなものを見出すことが多いですよね」

「そうね……ヴィクターは結構、この話は何の影響を受けているとか、今と違うその時代の価値観とか、探ったりする方よね」

「そうですね。あと混沌《カオス》な神話はその混沌《カオス》さを楽しむ方です」

ふふっ、と私は笑った。

「やっぱりこういう話ができるの、楽しいわ。カサンドラは『神話に出てくる神様って、とりあえず後ろから頭殴りたくなるよね！』って人だから」

「言いそうですね！　その気持ちもわかりますけど」

私たちは声をあげて笑う。本当に楽しい。

「でも、テイレシア様がまた小説を書き始めてくださって、嬉しかったです」

「………絶対、他の人に見せないでね？」

この前、思い切って久しぶりに、そして本当にヴィクターだけのために、短い小説を書いてみた。

男の子のために小説を書くのは初めてで、どんな内容なら喜んでくれるだろうと題材からあれこれ吟味して選んで書いた。

彼は喜んでくれたけど、他の人に見せるには、まだちょっと勇気が足りない。

「面白かったですよ。ダンジョン？に迷い込んで、モンスターの王と友達になる少年の話。荒野に行ってダンジョン探したくなりました」

「この国では四十五年前に最後のダンジョンが埋められたけれど、他の国ではダンジョンがまだ残っているところもあるのよ？」

「あ、わりと最近まであったんですね。じゃあ冒険者もその国ではまだ現役なんですか？」

「ええ。レグヌムの親戚のところにも、元冒険者の部下がいてね。前に聞いた話をモデルにして、書いてみたの」

　王家を除けば私のほぼ唯一の親戚。同盟国レグヌムの王族で、私の大伯父様が高齢になってから産まれた息子のレイナート君。

　昨年の夏に大伯父様が亡くなって、その爵位と領地、それから将軍の地位を継承した彼も、もうすぐ十八歳になる。

「よくその人の話をしますけど、仲、いいんですか？」

「そうね。私の数少ない相談相手ね」

　こちらの王家に強い抗議の書簡を送ったって手紙に書いていたけど、あれから大丈夫だったかな……そんなことを考えていた私の顔を、ヴィクターがじっと見つめてきた。

　私が見返すと、彼はにこりと笑む。

（……これが、時々気になるのよね）

カサンドラにも話した。私のように、場面に合わせた仮面をかぶることに慣れた人間が、次にどんなしぐさや表情が効果的で適切か瞬間的に選んでいる時の表情。それが笑む前に一瞬見えた気がした。

仮面をかぶられること自体は気にしない。ただ、私はヴィクターと出会って自由になれた。そのヴィクターが、私に気を遣うあまり不自由な思いをしていたら嫌だと、どうしても思ってしまう。

「じゃあ、そろそろ」

と言って、ヴィクターは自分が読んでいた本にしおりをはさむ。

「?.?.?　まだ読んでいて良いわよ?.?.?」

「いえ、このあとぜひ、来ていただきたい場所があるんです」

「?.?.?.?.?」

ヴィクターが私の手を取った。

読書直後なので二人とも手袋をしていない、素手同士。

生身の肌が触れ合って、ドキリとする。

「どうぞ、こちらへ」

◇　◇　◇

「これもお似合いですよ！　深い青の宝石が合うんじゃないかしら？」

「は、はいっ」

そのあと、なぜか私はお邸《やしき》の一室で、ヴィクターのお母様がおすすめするドレスを次々に着るという事態に見舞われていた。

「テイレシア様は、素敵な菫《すみれ》色の瞳をしていらっしゃるから……ああ、この色味もお似合いではないでしょうか」

「え、は、はいっ」

ラベンダー、ピンク、スカイブルー、淡い黄色、ピンクベージュ、淡いオレンジ……。

次々に出されるドレスは、いずれもとっても素敵。

が、大丈夫ですか、これ、商品じゃないんですか……？

合わせていただいている宝石も、そんなに軽々しく出していい品ではないような……？

「ああ、オーダーメイドではないのですわ。貴族の皆様も、富裕層の皆様も、無限にお金が使えるわけではありませんもの。少しだけお財布に優しくおしゃれを楽しめるように、既製品としてつくっておりますの」

「へぇ……でもサイズは」

「ご購入いただいた際、お客様に合わせて少し調整をするのです。今後は、有料貸し出しという手も考えておりますわ」

「それは良いですね！　確かに、体面を保つにも令嬢の婚活にも、お金がかかって大変な家も多いみたいですから。これだけ素敵なドレスが既製品で購入できたり借りたりできれば、みんな嬉しいのじゃないかしら」

だいたいの貴族はお金に困っている、と言って良い。

特に令嬢がいる家は、着飾らせて社交界に出して結婚させるためにも、持参金にも、たいへんな額のお金が飛んでいく。

支出を抑えて素敵なドレスが着られれば、喜ぶ女性も多いだろう。

「そう言っていただけると嬉しいですわ！　いずれは……まぁ、なかなか難しいかもしれないのですけど、労働者階級と言われる方々も、一生に一度ぐらいは手に届くようなドレスがつくれたら……という野望がありますの」

「そうなのですね。いずれのドレスもとても素敵です。ドレスはふだん一着一着あつらえはしますけれど、こんなに好きなだけ着替えて楽しむことができたのは、生まれて初めてのことでした」

「あら!!　でしたらよかったですわ。こちら、ヴィクターがテイレシア様のためにと用意したものですの」

「はい!?」

少し離れたところで私たちのやりとりを見ていたヴィクターが、こちらに軽く手を振っていた。

いつもなら無邪気な笑顔に見えたそれは、お母様の言葉の後からは、してやったり、な、笑顔に見えてしまった。

「あの子からお代は取り立てていますからご心配なく」

「いや、え？　でも金額」

「あの子はあの子で、いつぞやの国王様からのご褒美にくわえて商売で稼いだりして、一財産持っていますから」

出会ってからまだ間もないからだろうか、それにしても、予想外の情報がいっぱい出てくるものだ。

◇◇◇

「ヴィクター……あなた、誕生日いつ？」

「十二月一日です」

「遠いわねっ……」

ドレスをひとつひとつ収納しながら（これらは後ほど、うちの邸《やしき》に送られることになった）、私はヴィクターの返答に率直な答えを返してしまった。

……それにしても、この間頂いてしまったエメラルドの髪飾りといい、ヴィクターはすでに私にかなりの贈り物をしてくれている。それにデートの費用もだ。

確かにこの国の男女観はそういうものだ。贈り物をするのは男から女へ。食事などを奢《おご》るときも男から女へ。

その是非はひとまずおくとして、私の本音は、

（とはいえ、プレゼントくれすぎじゃない⁉　こんなにたくさんもらってしまうのはちょっと気がひける……）

だった。

頂きっぱなしは、ヴィクターに悪い。

そもそも私、王族で公爵令嬢という相当恵まれた側の女だし。

とはいえ……殿方のほしいもの、喜ぶものも、実はよくわからない。

アトラス殿下にお贈りしたものはあとでだいたいケチをつけられたので、正直自分の感性に自信がない。

何を贈れば、今までもらったものと釣り合いがとれるのかしら？

島でも買って贈らないとダメなぐらいじゃない？

「気にしないでください。ね？」

「でも……」

「お返しの代わりに、オレの前で着てください」

大きな手で頬に触れられ、ドキッとする。

（お返しに……なるのかしら、それ）

「で、でも……親戚への誕生日プレゼントにもあなたの意見を聞かないといけないぐらい、私、殿方の喜ぶものを知らないのよ？」

四月に誕生日を迎えるレグヌムの親戚のレイナート君のもとに、先日私は誕生祝いの贈り物を送った。今年はヴィクターの知恵を借りて馬具にしたのだ。

はっ。そういえば『鋼《はがね》の乙女の英雄譚《たん》』の姫は勇者に新しい剣を贈ってた……いやいやいや、ないわね、さすがに。じゃあ、あとは、小説…？　また、ヴィクターのために書く？　でもそんなにすごいもの書けないし。

「だから、私のためにもあなたのためにも、欲しいものがあれば、普段から教えておいてくれると嬉しいわ」

「欲しいもの……そうですね」

少し考えている様子だったヴィクターは、不意に、後ろから私の両肩に、手をおいた。

背中に体温。後ろに立たれるのは、体格差もあって、妙にどきどきしてしまう。

「本気で答えたら、困りませんか？」

息が、とまった。

ヴィクター、こんなに声が低かったっけ？

「……こ、困らないぐらいでお願いします！」

なんだかわけもわからず、恐くなって、動揺が思い切り言葉に出てしまった。何を言っているのか。

「困らないぐらいで、か」

ヴィクターが呟《つぶや》き、私の頭の上に何かが載った。感触ですぐにわかった。彼が顔を私の頭に、髪の中に埋めている。まるでキスするように。

身長差があるから、触れたところに軽く彼の体重がのってくる。妙な重みが、ドキドキを増す。

「――――悩んでほしいです」

「え？」

「何をオレに贈ればいいか、あれがいいかこれがいいか、誰にも聞かずに、その親戚の男にも聞かずに、テイレシア様がひとり悩んでほしいです。オレがそうしているように」

「？？？？？」

私はヴィクターが何を言っているのかまったくわからなかった。

「待ちなさい⁇　それ、ものすごく危険じゃない？　私、自分でも自分のセンス全然信頼してないのに‼」

「危険でも全然かまいません。その結果贈っていただいたものが、道端の石ころだろうが読めない文字の本だろうが」

「さすがにそんなもの贈らないけど‼」

「テイレシア様が悩んで時間をかけて考えて答えを出してくださったものなら。その間、オレのことだけ考えてくださったものなら。うれしいですよ」

やっぱり、意味がわからない。

そう返そうとしたときに、不意に後ろからぎゅっと抱きしめられた。

（――――！！？？）

彼との会話に気が緩んだのを狙ったかのような不意打ちに、心拍数が一気に上がる。

力が強い。きっと抵抗しても絶対に逃げられない。吐息が、髪越しに伝わる。

「ヴィクター…ここ……おうち……」

私が言っても、なかなかヴィクターは腕を離してくれなくて、壁の時計を見つめながら私は、たくさんの感情が頭のなかでぶつかりあって、脳が焼ききれそうだった。

◇◇◇

（……ていうか、ヴィクター、どこであんなに筋肉鍛えたのかしら）

数日後。そんなことを内心呟きながら、放課後の私は、ヴィクターを探していた。

最初のデートの顛末《てんまつ》に加え、二回ぎゅっと抱きしめられて実感した。私、絶対この人と戦っても勝てない、と（いや、私そもそも戦えないけど）。

確かに、お会いしたご両親とも背が高かったし、ハルモニア・エルドレッドも身体の大きな女性だったとは聞いている。

だけど、商家の子息に、そんなに身体を鍛えるような機会があるだろうか？

鍛えるとしたら格闘術あたり？

最近は、貴族のたしなみの中にボクシングが入りつつあるけれど……まだまだ労働者階級の賭け試合の選手の方が強いらしい（カサンドラ情報）。

（そういえば、〈透視《イクス・イルミナス》〉のことを素敵魔法って言っていたわね……）

『鋼の乙女の英雄譚』を見て、そこに出てくる魔法を調べて習得していたのなら、あの物語の勇者たちに憧れて、身体のほうも鍛えたりしたのかしら？

でも、私、魔法はある程度知ってるから具体的な名前を出していたけれど、鍛え方なんて私は知らなかったし、当然小説のなかで書いていないのに。

そんなことを考えながら私は、手元に用意した手さげ袋をあまり揺らさないようにしつつ、学園の建物のなかを歩いていた。

心当たりはおおかた探して、あと残っているのは学園併設の図書館ぐらい。

もしかして、勉強しているのかも。

足早に図書館に向かって歩いていると、

「テイレシア様」

「！」

背後から声がかかった。

それは上質の楽器のような美声……誰の声か、見なくてもわかる。

私はため息をつき、ゆっくりとふりかえる。

「あの……ご無沙汰をしています。クロノス・ウェーバー卿《きょう》」

視界に入ってきたのは、手足が長くすらりとした細身の殿方だった。

艶やかな銀髪に、冴《さ》え冴《ざ》えとしたアイスブルーの瞳。恐ろしいほど整った美貌の持ち主が、眼鏡の奥から、こちらをクールに見据えている。

私と同じ十八歳で三年生。〈紳士部〉生徒会長である侯爵家令息、そしてすでに伯爵の爵位持ちのクロノス・ウェーバーだ。

……ということになっているけど、お母上は元々国王陛下の公妾《こうしょう》をお務めになった方で、彼がアトラス殿下の腹違いの兄君なのは公然の秘密。

とにかく子どもの頃から優秀だと名高く、学園での成績もぶっちぎりのトップで、他の追随を許さない。

さらに母君によく似た圧倒的な美貌は、まさに貴族の思い描く理想の美男子といわれ、王宮の女性たちからは王国随一の美貌とさえ謳《うた》われる（私はヴィクターの方がカッコいいと思うけど）。

私の幼いころは、カサンドラの家と同じぐらい家同士親しく付き合い、彼がご両親や異父弟《おとうと》たちとうちの邸に遊びに来ることも多かった。

――――ただ、ある時期から私は、彼と少しでも話すと、あとでアトラス殿下に酷い目に遭わされてきた。

しかも王族の私に気をつかってだろう、クロノス卿は近くに他の令嬢がいてもなぜか私にばかり話しかけてくることが多かったので、アトラス殿下からの嫌がらせはエスカレートしていった。

決してクロノス卿が悪いわけではないのだけど、どうしてもこの美貌を見ると、いまだに条件反射のように胃が痛くなる。

「少し、よろしいですか？」

「すみません、急ぐので」

「エルドレッド君は、図書館の奥にいましたよ」

「!?」

端的に必要な情報を告げてくれたクロノス卿。

彼も当然、私とヴィクターの婚約の件は知っているはず。

「ありがとうございます、では」

「――――ご案内いたしましょう」

「え!?」

いきなり長い手がのびてくると、空いている手をつかまれる。

手を取る、というのではなく、グッと握られている。ほどけない。

「待ってください、私っ」

婚約者のいる女の手をつかむって、品行方正な彼らしくない。

図書館の中にもほとんど人はいなかったが、こちらを見た学生はみんな、ぎょっとした表情をした。それはそうだと思う。

「……クロノス卿、離してくださいっ!!」

こちらの意思ではないんです！　という表明のため、私は声を出してみるけれど、クロノス卿はまったく意に介さないように歩く。

「こちらです」

「!!」

確かに図書館の奥。

本棚に囲まれたような、他から見えにくい場所に、勉強机がある。

そこに、ヴィクターがいて……勉強の途中で寝落ちしたように、机に突っ伏して眠り込んでいる。

「あ、ありがとうございます」

「エルドレッド君は、最近は勉強時間がなかなか取れないようで、かなり深夜まで図書館に籠っていることも多いようですね」

「へぇ……あ、ありがとうございます？　で、もう大丈夫なので手を離してもらえます？」

クロノス卿はしばらくこちらを見てから、ようやく手を離してくれた。

「──彼が眠っていて残念ですが」

「え？」

いや、明らかに、ヴィクターが眠っていなかったら大変だったんですけど？

……と、口にしたらややこしそうなので、そそくさと私はクロノス卿から離れ、椅子を移動させて、眠っているヴィクターの横に座った。

でもクロノス卿は去らない。

「……あの……クロノス卿？」

「私も彼に用があるのです──起きるまで待ちます」

腕組み仁王立ちで、私の背後に立って動かない。

これは……どうしたら良いのかしら……？

ゴキッ！

「ッ!!」

物音がして振り返るとクロノス卿が頭を押さえてうずくまっていて、後ろに拳を握ったカサンドラが立っていた。

「カ……カサンドラ！　君、今、人の頭部をグーで殴りましたか!?」

「クロノスこそ！　キミさっき私の親友の腕をつかんで引きずってただろう⁉」

「それはエルドレッド君が」

「ごめんね、テイレシア。この生徒会長は回収していくから」

「カサンドラ、君は――痛《ッ》ッ」

　クロノス卿が何事か言いかけたのを封じるように、カサンドラは流れるように後ろ手に拘束する。

「待って、くださいッ。この結婚は、彼はッ……」

　何事か言いかけたのに、そのまま「じゃあテイレシア、ごゆっくり！」と言うカサンドラにクロノス卿は連れて行かれてしまった。

　――何だったのかわからないけれど、嵐は去ったようで、私は吐息を漏らす。

　それから、机との間から垣間見えるヴィクターの寝顔を見る。

　安心する体温。

　持ってきたものを、机の端に置く。

「……私との時間をつくるために、がんばってくれているのね」

　この学園で勉強することは、平民のヴィクターにとってハンデが大きい。

　生まれた時から貴族だった他の生徒よりも、たくさんたくさん、がんばらないといけないのだ。

　無性にいとおしくなって、思わず髪を撫《な》でる。

殿方にこちらから触れるのははしたない気もしたけど、ヴィクターの側からは触れてくるのだし、いいわよね。

机に突っ伏したまま、大きな身体が身じろぎする。

あ、何かしらこの、可愛い生き物。

そう思ったとき、ヴィクターの身体が、ぐらりと揺れた。

「――――!?」

私の側に倒れたその上体を、渾身《こんしん》の力で受けとめる。

ヴィクターの顔が、見事に私の胸に埋まる、寸前で止めた。

「…………！！！？？？」

そのまま、どうして良いかわからなくなって、でもこのままだと身体が落ちてしまうので、眠っているヴィクターを抱きとめるしかなかった。

おかしい。こんなにも綺麗《きれい》に私にぶつかるように、椅子に座って眠っている人間が動くものかしら。

そんなことを考えていたら、ヴィクターの身体が、ぷるぷると震えているのに気がついた。

「…………??」

ヴィクターの吐息が、肩にかかっている。

笑ってる！！！

「ヴィクター‼　あなた、起きてるわね⁉」

私がそういうと、ヴィクターは私に抱きついたまま、本格的に笑い出した。

腹いせに私は、彼の身体を受けとめていた手を離してやった。

ヴィクターの大きな手が、私を抱いたまま髪を撫でる。

「ところで、テイレシア様はオレに会いにきてくれたんですか？」

「ここ、図書館のなかなんだけど……」

「会いにきてくれたんですよね？」

ヴィクターの腕は引き続きがっちりと私を拘束している。

これは肯定しないと解放してくれなさそう。

「あのね、あなたに渡したいものがあったのよ」

「渡したいもの？」

結局放してもらえないので、私は抱きしめられたまま、ぐいーっと伸びをして、机の端まで手を伸ばした。

指先で、手さげ袋をたぐりよせる。

「これ。食べて」

「え？」

ヴィクターが手さげ袋を受け取り、中に入ってるものを取り出す。

バターとアーモンドパウダーをたっぷり使ったフィナンシェと、砕いたナッツの入った素朴なサブレだ。

今日、夜明け前に起きて、学園に来る前に焼いた。

「どうしたんですか‼　これは⁉」

「……昔、修道院で奉仕活動をしていたときに、つくり方を教わったのだけど。最近は、つくる機会がなくて」

貴族の娘はふだん厨房《ちゅうぼう》に立つ機会はないのだけど、私はシスターから様々なお菓子のつくり方を習うのが楽しくて、亡くなった両親にも良く振る舞っていた。

つくらなくなったのは……そのお菓子をアトラス殿下にあげたら、

『貴族令嬢が厨房に？　下賤《げせん》な趣味だな。職人がつくるほど旨いものができるわけでもないだろうに』

と、罵倒され、さらに味についてダメ出しされ、心が折れて、お菓子づくりを封印したのだった。

「ただ、この前お呼ばれした時、ヴィクターもお茶菓子、結構食べていたでしょう。お菓子はつくってきても迷惑じゃないかしら？　って。だから、思い立ったことは、すぐやってみようと思ったのよ」

それにヴィクターが食べたものは観察して覚えてきた。

少なくともお菓子に関しては好き嫌いはなさそうかなと。

「……あ、ありがとうございます」

喜ぶかな、と思ったのだけど。

何だかお菓子を手に持って呆然《ぼうぜん》としている？

失敗したかな。何か苦手だっただろうか？

「ああ、それとね？」

沈黙に耐えられず、ポケットから、持ってきたものをそっと取り出した。

「あなたが変なことを言うから、なんだか道端が気になっちゃって。この石、あなたの髪色に似てない？」

受け取り、ヴィクターは笑い出した。

「ほんとに道端の石ですか！　でもカーネリアンっぽくて綺麗な色ですね」

「変なこと言ったのはあなただからね。要らないなら返して」

「どちらも要るに決まってるじゃないですか。……ありがとうございます。子どもの頃、このお菓子にすごく憧れていました」

「そうなの⁇」

エルドレッド商会みたいなおうちなら、お茶会ぐらいありそうだし、もっと素敵なお菓子もいくらでも出そうなのに。

「ええ。しかもオレのために作っていただけるなんて」

「喜んでくれるのなら良かったわ」

よし、思い立ったらやってみる作戦は正しかったみたい。

彼が本当に喜ぶものを一発で当てるなんて絶対無理だと思ったから、いろいろ数撃って、喜んでくれそうなものを探れば良い、と開き直ったの。

いろいろ試してみて、良かったことはまたやって、間違えたら二度とやらないようにして……。

「ところでテイレシア様」

「ん？　なに？」

「オレも今思いついて、やっておきたいことがあるのですが」

「？　うん、なに？」

聞き返した瞬間、ぐいっと腰のくびれを抱き込まれるように身体を引き寄せられた。

顔と顔がぶつかった、と、最初は思った。

ヴィクターの大きな手が私の頭を包み込んで逃がさなくて、男らしい真っ直ぐな鼻筋に私の鼻がぶつかって交差して、ヴィクターの閉じた目が、まつげが、至近距離にある。

呼吸しづらいと思ったら、唇がぴったり、みっちりとふさがれている。

柔らかいもの⁇

（………ん………？）

――――これは。

「――――！！！！」

むに、と、唇が重なっている。正面から。ゼロ距離で密着している。

近い、近すぎる。

これは結婚式でやるべき、あれなのでは。

「……ぷあっ」

ヴィクターが顔と唇を離すと、私の口から、潜っていた水から顔を出した時のような声が出てしまった。

私の口が少し開いていたからか、彼のかたちのいい唇が、濡《ぬ》れている。

「テイレシア様……」

「笑わないでよ!!」

顔を見られるのが嫌で、彼の肩に顔を押しつけて隠した。

キスをされた。

キスをしてしまった。

唇と唇で。

「抱きついてくれるのは嬉しいですが、顔を見せてください」

「……いやだ、絶対」

「いきなりキスして、すみません。謝りますから、どうかお顔を」

「嫌だって言ってるでしょう」

恥ずかしい。彼の顔も見られない。

今ヴィクターの顔を見たら、たぶん私の心臓は砂糖漬けになって止まる。

小説じゃ、わからなかった。

こんな彼の体温も近さも、息ができないような甘さも、なんにもできないみっともなさも。

――――彼にしばらく駄々をこねたあと、ようやく私は、手を放した。

彼の服に、私の手が付けた深いしわがついてしまっている。

「顔、見せてください。一緒に帰りましょう？　送らせてください」

「……結婚式じゃないのに、急すぎると思うのよ、ちょっと」

「すみません。美味しくいただきました」

「私はお菓子じゃない！」

ヴィクターは私の額にチュッと音を立ててキスをした。

額や手と、唇。どうしてこんなに、違うんだろう。

「だって、思った時にやっておかないと、誰かに奪われてしまうじゃないですか」

「…………？　誰に？」

「誰にだって嫌です。貴女《あなた》をとられるのは」

思い立ったらすぐ、なんて、言うんじゃなかった。私は自分の言葉を後悔した。

勉強道具を片付け、私がつくってきたお菓子とともに鞄《かばん》にしまったヴィクターは、私の手を取る。

「帰りましょう、テイレシア様。帰りの馬車の中で、暴漢に手を掴《つか》まれた時の外し方をお教えします」

「……ヴィクター、ほんとにあなた、どこから起きてたのっ！！！？？？」

＊＊＊

「何をしているの？　テイレシア」

「う、うん。この前教えてもらったの。護身術というか、手首を人に掴まれた時の外し方。相手の親指を攻めるように、ひねり回転させて、こう？ 抜くんですって」

「へー……じゃあ私、掴む役をやってあげるよ。こう？」

「うん……こう！　外れた！　手が逆の場合はどうするのかしら？」

おい、テイレシアにカサンドラ。

おまえたち貴族令嬢だろう。

学園の授業の移動中に、いったい何をやっているんだ？

「あと結局、ヴィクターから頭突きのやり方を教わったんだけど、狙うなら相手の鼻を思いっきり、って言われたわ」

「ヴィクターはキミに何をさせたいんだい？」

本当に、何をさせたいんだ？　あの山猿は。

「そういえば、次はヴィクターとどこに行くの？」

「またお芝居を見に行くことにしたの！　見たかったけど見に行けなかった歴史劇がね、同じキャストでリバイバル上演することになったのよ」

「良かったじゃない！」

「ヴィクターが良い席を押さえてくれたの。特に主演女優が、演技もだけどアクションも素晴らしい人で……」

いい加減にしろ、おまえたち。

なぜ俺の話をいっさいしないんだ？

あの、頭の空っぽな――眼光だけは妙に鋭い、でかい山猿の話ばかりで。

テイレシア。おまえは俺に惚《ほ》れていたんだろう？

いつも俺の機嫌を損ねないようにこちらの様子をうかがっていた。嫌われたくなかったんだろう？

俺に拙《つたな》い菓子をつくってきたことだって、あったじゃないか。

どうして、俺の話をしない。

どうして、さびしがらないんだ？

あんな下賤な男に、心を奪われたなどとよもや言うまいな？


「――アトラス殿下？」


物陰を動きながらクソ忌々しい女ども二人の動向を見張っていた俺は、まったく意識していない方向から声がかけられたことに、心底驚いた。

「――な、なんだ!!　いきなり!?」

「いえ。殿下ともあろう御方がこの上なく不審な行動を取られているので、何事かあったのかと」

早口で淀《よど》みなくきっちり嫌味を込めてくる、この銀髪の、女みたいな美形の細身の眼鏡男。

「き、貴様ごときが、この俺に話しかけるな!!　不敬な!!」

「なるほど。貴族社会では、身分が低い者から話しかけるべからず……とは申しますが、では国王陛下より殿下にお伝えすべきことをお預かりしております場合は、いかがすればよろしいでしょうか？」

生徒会長、クロノス・ウェーバーだ。

立場上は侯爵家の長男、そして、父の愛人が産んだ子。

俺より半年早く生まれたこいつを、俺は兄だとは絶対に認めない。

「……何だ、父上から？」

「ええ。明日の午後三時から王宮にて謁見の時間を取るので、いらっしゃるようにと」

俺は舌打ちした。

わざわざ俺への伝言のためにクロノスを呼びつける。こういう腹だたしいやり方を時々使っては、俺にプレッシャーをかけるのだ、あの人は。

「ところで、エオリア王女殿下はどちらに？」

「…………」

エオリア王女と俺の事情を察しているのか？

クロノスの、整いすぎた仏頂面の奥の本音を探る。

「……本日は外出されている」

「そうですか。国王陛下はエオリア王女とのことを詳細にご報告をと仰《おっしゃ》っていましたので、よろしくお願いいたします」

「わかった」

さっさと離れてしまいたい、と踵《きびす》を返しかけた俺だったが、ふと視線を戻した。

「……もう一度言うが、貴様は絶対にテイレシアには近づくなよ」

「婚約破棄なさったのに、どのような立場でおっしゃるのですか？」

「何度も言わせるな！」

人目がないのを確認して、俺はクロノスの胸倉をつかみ、壁に押し付ける。

「ウェーバー家の異父弟《おとうと》どもの将来がつぶれても良いのか？」

「…………」

そう言えば、俺をにらみながらも言い返してこない。

こいつが生意気にも俺に何か意見しようとしてきたときは、これでだいたい黙るのだ。

ふん、と鼻を鳴らし、俺はクロノスの痩《や》せた鳩尾《みぞおち》に一発拳を叩《たた》き込んで、背を向けた。


――翌日。午後三時。

俺は父たる国王陛下に謁見していた。

「エオリア王女の様子は？」

「万事つつがなく。大変お元気です。また交際も順調に進めております」

「そうかそうか。して、求婚のお返事は」

「求婚は大変嬉しく、気持ちとしてはお受けしたい。しかし、王女たる自分の結婚について、自分ひとりの気持ちだけで答えることはできない。ヒム国王より正式にお返事をお伝えする――と。以前お伝えしたものから、まったく変わりありません」

そのように俺は国王陛下に報告する。

エオリア王女の言葉は、王女たる立場としてはしごくまっとうで、正しい返事だ。

何度、手を替え品を替え、宝飾品やドレスを貢ぎながら俺が確定の返事を迫っても、エオリア王女は微笑みながら折れず、時折そばについている侍女どもに割って入られるなどした。

「なるほど。エオリア王女だけでも『はい』と返事をすれば、それが言質《げんち》になると思ったのだが……」

渋い顔をし、露骨にがっかりした声を出される国王陛下。

俺も我が国も、婚約の返答を焦らされている状態にある。

「ヒム側とは婚約条件の交渉を続けておるが、まことに百戦錬磨。持参金は値切り倒し、息をするように、こちらに不利な条件を次々に足してくる。いやならば婚約はなしでよいとばかりの態度。……それもこれも王女殿下の言質がないゆえ。そなたなら早々に王女を意のままにできると思うたが、期待外れであったか」

つまり、唇を奪うなり処女を奪うなりの既成事実をつくり、俺に嫁ぐ以外の選択肢を彼女から奪え……と。国王陛下はそうおっしゃっている。国王の言うことかよ。

「勉学ではクロノスにひとつも勝てぬそなただが、女あしらいだけはそれなりに上手いと思うておったがな」

「…………」

勝手なことを言わないでくれ。俺だってその気満々だった。いまでも変わらない。あの可憐《かれん》な唇を、ドレスの下の身体を楽しみたい。

しかしそれは、毎度見事にかわされている。彼女の完璧な王女としての振る舞いと、鋼の忠誠心を持ち決して買収されない侍女たちによって。

力ずくで無理矢理奪うことも考えた。王女であろうが、処女を奪われれば俺に嫁ぐ以外なくなるだろう、と。

しかし、そういう目で見たとき、エオリア王女は一切の隙がなかった。

さらに、やんわりと付き人らにも威嚇《いかく》される。

我らが王女を粗雑《そざつ》に扱われては困る、何か王女を傷つけることがあればこのお話はなかったことに、といっさい妥協を見せない。付き人風情《ふぜい》が生意気な。

「繰り返すが、金はいくらでも使うがよい。人も足りなければ送る。断じてしくじるな」

「は……はい!!」

「テイレシアとの婚約解消の際のように、足元をすくわれるでないぞ？」

俺は再度、頭を下げた。

しかし、どうしてもこの際確認をしておきたいことがあった。

「恐れながら……国王陛下におかれましては、何ゆえ、テイレシア・バシレウス・クラウンと、かの平民との婚約をお許しになられたのですか？」

国王陛下は、ぐっと眉を寄せて、絵に描いたような不機嫌な顔になる。

「――――何か不満か？」

「い、いえ。しかし……。先にご相談しておりました算段と大きく狂いが生じることになり……」

「どの口を開けて、そう申すか」

苛立ちを言葉に露骨にのせて、国王陛下はおっしゃる。

「エオリア王女は完璧な淑女であるが、唯一、華奢《きゃしゃ》なお身体で出産にどれだけ耐えられるかが不安である。妃一人のみでは、王位を継ぐ子を成せるか、こころもとない。

ゆえに念には念を入れ、結婚後に、公妾をおきたい。それも王家の血を濃く引き、王を支えるのに必要な教育を受けてきたテイレシアが適任である。

テイレシアはアトラスを心底慕っており、また閨《ねや》のつとめのみならず外交や社交をになう公妾という仕事にやりがいを感じ、引き受けるであろう……そう申したのが、王妃とそなたであったな」

陛下はジロリ、と、こちらをにらむ。
「――笑止千万《しょうしせんばん》。なにが心底慕っている、だ。
テイレシアから、かの平民との婚約と交際を希望し、申し出て参ったのだぞ？
それも満面の笑みで」

――テイレシアが笑顔だった、と聞かされ、俺は頭を殴られたような衝撃を受けた。

……何だって？
俺に惚れてたんじゃないのか？
あんなにも、俺に愛されようと健気《けなげ》で必死だったじゃないか!!
だからこそ、安心して、あのタイミングで婚約解消してみせたのに!!
裏切られた。
そう思うと、急にテイレシアの顔が目に浮かぶ。
明らかに彼女は美しくなった。
あいつのせいなのか……？
本当に、あの山猿を心から愛し始めたからなのか⁇
本気であいつと結婚する気なのか⁇

「……し、しかし！　お認めにならなければよろしかったのでは⁉　相手は、平民ですよ⁉」

「そなたが早々にエオリア王女との結婚を確定できておれば、その選択肢もあったであろうがな」

陛下は、深くため息をつき、俺は深く傷ついた。

つまり……結婚するまでは、いや、少なくともエオリア王女に結婚以外の選択肢がなくなるまでは、公妾をおくことはできない。

（相手は異国の王女。立場は対等だ。すでに国内に愛人がいるなど先に分かれば、それこそ破談の可能性がある）

つまり、俺の結婚の確定が延びるほど、『婚約解消された王族令嬢』であるテイレシアの処遇を決めずに長く留めおき続けることになる。

それは誰が見ても不自然になる。

特に、すでにテイレシアに求婚した人間がいることを新聞に報じられ、皆に知られていれば……。

「それでも！　やはり、よりにもよって、平民に……‼」

「そなたが学園で婚約解消の発表をした直後より、立て続けに、テイレシアへの求婚の申し込みが来ておる。一番手は、クロノス。二番手はゲバルト公爵、我が母の弟だ。三番手以降の名も聞くか？」

「いえ……」

――やはりクロノスが動いていたのか。

クロノスとテイレシアは、子どもの頃何度か婚約の話が持ち上がっていた。

なんでも、クロノス本人がテイレシアとの結婚を強く希望してきたのだそうだ。

だが、王位継承権を持つテイレシアと、婚外子であり今は王位継承権こそないが国王陛下の血を分けた子であるクロノスが結婚してしまえば、クロノスの立場をぐっと強くしてしまう。

つまり俺の立場を脅かしかねない存在になる。

何せあいつは忌々しいことに幼少期から優秀で、国王陛下さえ、俺とあいつを比べては、

『この二人が逆であればな……』

とため息をついていた。

だからこそ俺の母である王妃陛下は、あらゆる手を尽くしてテイレシアとクロノスの結婚話が上がる度に全力で潰《つぶ》し、最終的には、俺とテイレシアの婚約をまとめたのだ。

そしてそれは、俺の王位継承者としての立場をほぼ磐石《ばんじゃく》のものにした。

テイレシアの後ろ盾となる親戚の力が弱くなり、彼女の立場が弱くなったと言っても、それでも、クロノスにだけは奪われるわけにはいかないのだ。

(しかし、テイレシアがそんなにも引く手あまただったとは……)

確かに身分は高い。財産も持っている。見た目はエオリア王女にははるかに及ばないまでも、まぁ悪くはない。

とはいえ、この俺に婚約破棄された女だぞ?

女なら何でもいい好色五十路《いそじ》のゲバルト公はともかく、他の奴らは正気か？

――いや。この俺もおかしくなっている。

実際、俺は、公妾はべつにテイレシアでなくてもよかった。エオリア王女の美しさに満足していたからだ。

なのに今、テイレシアが他の男を愛していると認めざるを得なくなって、頭からテイレシアのことが離れない。

（………クソが）

あの平民が憎い。憎い。憎い。

俺から離れていくテイレシアが、憎い。

――その後も、陛下からいやというほどたくさんの説教を食らい、精も根も尽き果てた俺は、国王陛下のもとから退出する。

「アトラス殿下」

謁見の間から出るとすぐ、待ち構えていたらしい王妃陛下につかまった。

その歳よりも遥《はる》かに老けて見える顔に、身体に有害と指摘されて久しい厚化粧をのせ、鶏がらのように痩せた身体。

王宮で苦労を積み重ねた女性《ひと》ではある。

俺を間違いなく王にしようと、誰よりも奔走してきた人でもある。

だが、正直俺は今、彼女と話したくなかった。

「どうなのですか、テイレシアは!!」

「なぜエオリア王女ではなく、真っ先にテイレシアのことを聞くのです？」

「決まっているではありませんか！　貴重な王家の血ですよ！　……貴重な王家の血を、濃く保つことのできる、唯一の女性ですよ！」

……息子の将来のことを、王妃陛下はまるで、家畜のかけ合わせのような物言いをする。

「当初から、こだわっていらっしゃいましたね。子ができるかどうか……に」

「ええ。どんな女性であれ、子を授かることができるか否かは、運しだい。神のみがご存じであらせられる。であるなら、当然もう一人、〝予備〟はあるべき。そしてそれは下賤の女などではなく、王家の血を引く女性であるべきでしょう？」

策略と権謀術数《けんぼうじゅっすう》のるつぼである王宮で、心身をすり減らしながら生き残りをはかってきた王妃陛下は、流産や早産を繰り返し、俺よりも前に妊娠した子をすべて喪《うしな》う目に遭った。その中で彼女は、とある、強固な確信をもった。

一人の女性が必ず子を産めるだとか、そんなものは幻想なのだ、と。

そして産んだ子は、大人になるまで育つとは限らない、と。

我が国の国教が説いている一夫一妻制の倫理、そして、その神の教えにそって解釈された、嫡出子と婚外子との間の厳然とした区別。

これらを過度に遵守しすぎれば『いつか王家は滅びる』と。

……本音は少し違うだろう、と、俺は思う。

『滅びる』のは、『あなたにとって有利な王家』『あなたが理想だと思っている王家』だろう。

そうして、あなたが本当に恐れているのは、俺に子が産まれず、クロノス・ウェーバーかその子に王位がいくことだろう。

どんな建前を口にしたとしても、あなたの本音はクロノスを排除することのはずだ。

……まぁ、もちろん、テイレシアの持っている莫大《ばくだい》な財産が惜しい、というのもあるのだろうが。

王妃陛下と俺の目的が合わないわけではないので、とにかく余計なことは言うまい。

「……テイレシアのことは必ず手を打ちます。ただ今は、エオリア王女とのことに集中したいのです。ご理解をいただけますと幸いです」

「それにしても、テイレシアを口説いたのは、平民の、子どものような歳の男だというじゃありませんか……ええと…ヴィ……」

「ヴィクター・エルドレッド。エルドレッド商会の次男坊とのことですよ」

俺は、忌々しいあの男の名を口にする。

「昨年の、ゼルハン島への敵国侵攻の折り、商会の傭兵《ようへい》や船乗りたちを指揮して、敵軍の包囲をすり抜けて我が国の民の脱出作戦を成功させたのだそうで……。まぁ、大方、周囲の有能な誰かの手柄を横取りしたのが真相でしょうが」

「……エルドレッド……？」

「どうかされましたか？　王妃陛下」

「――いえ、確か、エルドレッド商会は……」

続いて王妃が語った言葉に、俺は目を見張った。

その言葉は、思いのほか、長く続いた。

「それは……本当ですか」

「ええ、間違いありません」

俺は、俺の中の『アホで直情的で猪突猛進《ちょとつもうしん》だけどなんか眼光が恐い（あと十六のくせに喧嘩《けんか》強そう、平民だからか）』というヴィクター・エルドレッド像が、完全に間違ったものだったことを悟った。

あいつ――いつから、これを企んでいたんだ。

「国王陛下は、今、完全にテイレシアとヴィクター・エルドレッドの結婚を許すおつもりでいらっしゃるのですね？」

「え、ええ!!」

「そのお心を覆《くつがえ》せれば問題はございません。今度は、テイレシア自身の意思で婚約を破棄させればいいのです」

「そ、それが可能なのですか……？」

「ええ」

俺は、にんまりと笑った。

なかなか尻尾をつかませないと思ったら、とんだところにおまえの工作の痕跡が残っていたぞ？

ヴィクター・エルドレッド。

おまえの正体をテイレシアにさらしてやる。

そして。


（――――おまえとだけは結婚させない）

首を洗って待っていろ、と心中で俺は呟いた。

■第4章　ヴィクターVS．王子

その日は、朝からカサンドラが不在だった。

――――だからだろうか、授業開始前に、待ち伏せていたアトラス殿下に捕まったのは。

「……あのぅ……エオリア王女は？」

「おまえが気にすることじゃない！」

「まずいと思うのですが？　殿下も私も、すでに新しい婚約者がいる身ですし、私たちが話すというのは」

『新しい婚約者』と言うと、ピクッ、とアトラス殿下が神経質そうに眉をあげた。

何かまずいことを言ったかしら。

さすがにもう、エオリア王女と婚約してるわよね？

「……二人きりではないから問題ないだろう⁉」

「ええと……」

確かに殿下の後ろに、最近はあまりお見かけしなかった、殿下の取り巻きの男子学生たちがついてはいますが。

すみません、本音はもうあなたとお話ししたくないんです。なんて言えない。言っても良いのかな。首をはねられないかしら（さすがにないか）。

「おまえのためだ、テイレシア。おまえが知らなければならないことを教えにきてやったんだ」

「はぁ。でも、授業前ですし、あとになさっては？」

せめて教室に向かって歩きながら話してほしい。

……と言ったら、たぶん〈紳士部〉の教室に向けて歩かされるのよね。困った。

「授業がどうした。こちらの話の方が大切だ。おまえの婚約者についてのことだからな」

ますます聞く気が失せた。

なぜヴィクターのことを、アトラス殿下から聞かなくてはならないのか。

「私のためとおっしゃるなら、それこそあとでかまいません。私は授業が大切ではないとは思いませんし、殿下にも授業に遅れていただきたくはありません」

「聞きたくはないのか？　ヴィクターのことなどどうでもいいというのか？」

「もし、必要なことがあれば、本人から聞きますから」

――――それ以前に情報ソースがまったく信頼できません。

それから、歩こうとしたら進路を塞がないでください。

これは話し合いではなくて、ほぼ物理的な拘束ですよね？

（誘眠魔法とか、ヴィクターに使えそうな魔法教えてもらっておけば良かった!!）

逃げる手段が思いつかない。

さぁ、どうする⁇　どうしよう⁇

「テイレシア様、ここでしたか」

「ヴィクター‼」

助かった。

取り巻きの一人をぐいっと押しのけて、ヴィクターが大きな体で割り込んできてくれた。

「お、おい、貴様！」

アトラス殿下の怒声。

私の身体は、ぐっとヴィクターに抱き寄せられる。

すっぽりと胸に埋まって彼の匂いに包まれる。

ドキッとするのに同時に安心する。不思議。

「三年生も、授業前ですよね？　テイレシア様はオレが教室までお送りしますので、ご安心を！」

「待て、この俺が」

「彼女はもう、オレの婚約者です」

アトラス殿下は何かを言いかけて、グッ、と詰まった。

珍しい。普段ならもっとキレ散らかしていてもおかしくないのに。

「では、早く参りましょう。テイレシア様。遅れてしまいます」

ヴィクターが、私の肩に手を回す。力が強い。

周囲の目が恥ずかしいけど、まぁ、婚約者だとギリギリあり？　ダメな気もするけど？

「え、ええ」

助けにきてくれたけど、何だか普段より仏頂面っぽい？　機嫌が悪そう。ちょっと顔が恐い。

「ま、待て！　王子がお話を……痛《いて》ぇ！」

バシリと響く音。取り巻き男子生徒の一人がアトラス殿下の代わりに私の手をつかもうとして、ヴィクターに叩《たた》き落とされたのだ。

「汚い手でこの女性《ひと》に触るな」

一段低くなった声にぞくりとしながら、いつもより力の入ったヴィクターの手に守られ、私は教室へと向かった。

◇◇◇

その日の放課後。

「ほんっ、とうに、ごめんなさい」

「えっと……ヴィクター？」

生徒会長室にやってきたヴィクターを出迎えると、かなり落ち込んだ様子の彼に、いきなり正面

からギューッと抱きしめられた。身長差的に顔面が胸に埋まる。

（確かに、遠慮はしなくなった……のかしら？？？？）

……とは思うけど、それでも一応ここ学校なのだけど⁇　わかってますかーヴィクターさーん？

……というか、婚約者とはいえ、さすがに同じ部屋で男女二人きりは問題が。

「すみません、本当に」

「ええと、謝りたい内容を具体的に言ってもらってもいい？」

「さっき、不機嫌ですみませんでした‼」

ああ、自覚はあったのね。

「理由がなんであれ、機嫌が直っているなら良かったわ。別に人間、つねに機嫌がいいわけではないものでしょう」

「いえ、その……。テイレシア様と、アトラス殿下が話しているのを見ると、頭に血が上ってしまって」

「そうね。あれは話しているというよりも、拘束されている、だったわ」

「もちろん！　アトラス殿下が無理矢理テイレシア様をつかまえているのはわかっていましたし、女性のテイレシア様が一人で、相手が男複数だと逃げようがないのもわかっていました。……頭では」

ぎゅ、と、私を抱きしめる手に力が入る。体温高い。

「大丈夫だから、ね？　手、放してくれる？」

でも、そのお願いには首を振るヴィクター。

私は、抱きしめられたまま少し後ろに下がった。

ちょっとお行儀が悪いけど、机にお尻をのせて軽く腰かける姿勢になった。

彼の身体との間に少し空間ができて、心臓が落ち着く。

そのまま、ヴィクターの抱擁を受けつづけることにした。胸がどうしても触れてしまうのが恥ずかしいけど。

でもこの体勢だと、まるで大型犬とか馬に甘えられているみたいで、なんだか急に、ヴィクターがかわいく思えてきた。

「どうしたの？　ヴィクター？」

私は手を回して、彼の髪を撫《な》でた。

毛並みのいい犬みたいに、撫でるとすごく気持ち良い。

「単なるやきもちだったのね？」

「……はい」

「アトラス殿下に気持ちはないのよ、まったく。他の男性にも」

「レグヌムのご親戚にもですか？」

「ええ」

「……クロノス会長にもですか？」

「え？」

私が驚いて聞き返した時、ドアが開く音がして、「ひっ！」という女子生徒の悲鳴が。

生徒会の下級生がこちらを見て立ち尽くしていた。

あわてて私たちは離れる。

「も、申し訳ございません！　い、いらっしゃらないかと思ってて っ……」

「ち、違うの、これは！」

（生徒会長の威厳が……）

年上の面目と一緒に行方不明になってしまった。

恥ずかしくてたまらなかったけど、コホン、と咳《せき》ばらいをして、私は下級生に指示した。

「今日は人が少ないし、私は書類仕事だけだから家でするわ。あなたも急ぎのものが終わったら、早めに帰って」

「え……あの、よろしいのですか？」

「カサンドラが明日まで王都に帰ってこないの。学園に来られるのは明後日だと思うから、今日明日は軽めにしましょう」

「は……はい！」

言いながら、持って帰る仕事をささっとまとめる。

アトラス殿下は妙に私と話すことにこだわっていた。放課後、こちらの生徒会長室までちょっかいを出しにくるかもしれないから、今日は学園に残っていない方がよさそう。

もし殿下と話さなければならないとしても、できればヴィクターとカサンドラに立ち会いをお願いできるタイミングが良いわ。身の安全のためにも。

「じゃあ、ヴィクター、行きましょうか」

帰りの馬車の中で、ちょっと話ができるでしょう。

◇◇◇

「――――クロノス会長って、第二王子に似てますよね」

（第二王子？）

下校の馬車の中でヴィクターと話していたら、突然そんなことを言い出したので驚いた。

誰だろうと一瞬考えてしまって、ああ、とうなずく。

「『鋼《はがね》の乙女の英雄譚《たん》』の第二王子のことね？」

「ええ」

……それは似ているはずだ。だってあの小説を書いているときに、

『ねぇ、クロノスみたいな子も出して！』

とカサンドラからリクエストがあって急遽《きゅうきょ》登場させたキャラクターなのだから。

経緯が経緯なので、すごい美形で、第二王子のわりにものすごくクールで冷静沈着で中身は長男気質、ちょっと毒舌になったキャラクターだ。カサンドラのリクエストなので丁寧に描いたし、王子でありながら騎士でもあって、いろいろ設定も凝っている。

……と説明するのもなんなので、「たまたま似ただけよ?」と私は返した。

「たまたまですか?」

「子どもの頃は仲が良かったけど、本当にそれだけだもの」

――しいて言えば、王妃陛下のご意向で一時期、ウェーバー家が社交界からほぼ締め出された時に、私からお父様やお母様に何度かお願いして、あえてウェーバー家の方たちを続けて邸《やしき》に招待してもらったことがある。

これもただ、いい年をした大人たちがまるでいじめのようなことをするのが嫌だったのと、物語のヒーローに憧れてのことだ。

正義感というには恥ずかしいほど子どもっぽい感情だし、そのあとアトラス殿下に嫌がらせを受けてやめざるをえなくなってしまったのだから、弱すぎる。

ただ、邸で彼の弟たちと遊ぶ私を、クロノス卿《きょう》が綺麗なアイスブルーの瞳でじっと見ていたこと、帰るときに『本当にありがとうございます』と手を握られたのを覚えている。

「そうなんですね」

「ええ」

ヴィクターが、深く息をついた。

確かに容姿は素敵な人だし、いろいろすごいけど、クロノス卿は、今の私にとっては距離がある人だ。

「そういえば……このまえ、クロノス卿がヴィクターと何か話したかったみたいだったけど、あれから話せた？」

「いえ、まだ……そうですね、話してみます」

それにしても、クロノス卿は、ヴィクターとは接点はないはずだけど……。

――おまえが知らなければならないことを教えにきてやったんだ。

ふいに、アトラス殿下の声が耳によみがえって、寒気がした。

ヴィクターについて、殿下が？　何を知っているというの？

「……テイレシア様？」

「何でもないわ」

そうよ、情報ソースがまったく信用できないもの。

必要なことなら、ヴィクターが話してくれるはず。

私は笑って、話題を変えることにした。

◇　◇　◇

……翌日。今日もカサンドラは不在だ。

このタイミングでいつも一緒にいてくれる彼女がいないと、やっぱり心細い。

またアトラス殿下たちが来るんじゃないかと、一日ヒヤヒヤしながら教室移動をしていた。

だけど、今日は拍子抜けするぐらい、一度も彼らを見かけなかった。

ホッとして、（今日も早めに帰ろう）と思いながら放課後に生徒会長室に行くと、机に、誰かのことづけが貼ってあった。

パークス先生がお呼びで、自室で待っていらっしゃるとのこと。

最近ほとんどお話ししていなかった方だけど、いったいどうしたんだろう？

生徒会長室から出たところで、

「テイレシア様！」

ちょうど私に会いに来たらしいヴィクターと鉢合わせる。

「ごめんなさい、今、呼び出しでパークス先生のお部屋に行くところなのよ」

「そうなんですね。じゃあ、オレもついていきます。昨日のこともありますし」

「あ……ごめんなさい、駄目なの」

心配してくれるのは嬉《うれ》しいけれど、残念ながらヴィクターは入れない場所だ。

「パークス先生は〈淑女部〉の寮の管理を担当している先生でね。部屋は、女子寮の最上階の一番奥にあるの。男子は許可なく入れないのよ」

「そうなんですね……でも、大丈夫ですか？」

「ええ。アトラス殿下も相当なカッコつけだから、さすがに男子禁制のスペースにぞろぞろ入って評判を落とすような真似は、しないと思うわ」

何せ外面《そとづら》は『理想の王子様』にこだわる人だ。

そういう方向の悪評なんて絶対に避けたいはず。

「それより……ねぇ。もしかして何か私に話したいことがある？」

いつもと何か違うヴィクターの雰囲気に、そう尋ねる。

ヴィクターは私の顔をまっすぐに見た。

「――――オレ、昔、テイレシア様にお会いしたことがあるんです」

「え？」

「そのことについて、お話ししたくて。夜、お時間をいただけませんか？　もしよかったら夕食でも」

「わかったわ。うちの邸《やしき》でいい？」

約束をすると、ヴィクターが首を曲げて、見上げる私の額にキスをした。

私たちはいったん事務室に寄って、邸に今夜の来客の連絡を入れた。

それからヴィクターとわかれて、私は女子寮に入り、パークス先生の部屋に向かう。

（会ってた、か……覚えてないけど。あんな素敵な人と会ってて、私、忘れるかな？）

あまり深刻にとらえず、そんなことを考えながら、目的地に向かっていた。

◇　◇　◇

……パークス先生の部屋のドアをノックしたとき、一瞬、不穏な気配を覚えた。

（……⁉）

ドアは私が開ける間もなく、向こうから開く。

中にはパークス先生がいない。

ここにいるはずがない、男子学生たちが複数いる。

その真ん中にいたのは、アトラス殿下だ。

「‼」

ドアを開けた男子学生が、私の腕をつかんで部屋の中へ引き込む。同時に背中を強く押された。

誰か外にも隠れていた？

ガチャリ。後ろで鍵をかけられる音がした。

肘掛けのある椅子に座るアトラス殿下と向かい合うように、椅子がおかれている。

私は警戒しながら、そこに座った。

「どういうことですか。パークス先生は？」

「昨日の夜、部屋を空けさせた。ここの隣はエオリア王女の部屋だからな。結婚までうまくいくように細かいケアをするために部屋を確保したいと伝えたら、何も問題はなかったぞ」

空けさせた、じゃないですよ‼　先生に向かって‼

あの方は、ものすごくたくさん書物を持っていらっしゃるのに……。

無理矢理が過ぎる！

「では、アトラス殿下が私をお呼びだったんですか」

「おまえが話を聞こうとしないからだ。自分の婚約者の話だろうに」

「ですから、ヴィクターのことは本人から聞きます。殿下から聞く必要はありません。女子寮への男子の無断立ち入りは厳禁ですよ」

「なんだその態度は」

ふつふつと私の中に怒りがわいてきた。

でも、できれば平和に終わらせたい。

殿下の取り巻きの男子学生たちも、それぞれ高位の貴族の子弟だ。

アトラス殿下は特別に許されたのかも知れないけれど、彼らまで女子寮に堂々と入り込んでいるのは、けっこう大きな問題になってしまう。

「――――お隣は、エオリア王女のお部屋でしょう？　元婚約者の私がここにいるのは、問題なのでは？」

「エオリア王女は不在だ。心配は無用。それよりテイレシア。おまえは、あのヴィクター・エルドレッドがどれだけ恐ろしい男か、知っているのか？」

「…………？」

「俺は、あの、国を裏切った極悪人から、おまえを救おうとしているんだ。これでも聞く気は起きないか？　国家反逆の疑いで、あいつを調べさせてもいいんだぞ？」

言っていることは気にはなったけれどそれ以上に、私の反応をちらちら見ながら脅している態度が腹立たしかった。

こんな人に、どうして婚約者として尽くそうなんて私は考えていたんだろう。

「……よくわかりませんが、殿下。このテイレシア・バシレウス・クラウン、ヴィクター・エルドレッドの婚約者として、将来の夫の名誉にかかわるお話であれば、伺って潔白を証明する助けにしたいと存じます」

精一杯おなかに力を入れて、殿下をにらみながら私は言い返した。

一瞬、気圧《けお》された顔をしたアトラス殿下。

そうだわ、この人。外面《そとづら》がいいだけで、自分で言うほど強くないんだわ。

「……そんなことを言っていられるのも今のうちだぞ、テイレシア」

アトラス殿下は口の端をいびつにゆがめて、続けた。

「あいつは、編入してからどころじゃない。おそらく何年も前からおまえを狙っていた」

「何年も前……って、ヴィクターはまだ十六ですよ？　その頃はまだ、子どもじゃ……」


『オレ、昔、テイレシア様にお会いしたことがあるんです』


さっきのヴィクターの言葉がよみがえり、そこでふっと、思い出したイメージがあった。

強い目でこちらを見据える、オレンジ色の髪の男の子。

あれ、確かにどこかで、会った気がする……？

「百歩譲って、ヴィクターがそれだけ前から私のことを思ってくれていたとしたら、それが、どうして国を裏切る話になるんです？」

「結論を急《せ》くな、順番に話を聞け」

「言われなき疑いなら、そうだとはっきりさせないと。私は彼の婚約者ですから」

アトラス殿下は、露骨に舌打ちする。

「エオリア王女がこの国に来たのが、エルドレッド商会のせいだったとしても、おまえは同じことが言えるのか⁉」

「‼　まさか⁉」

「聞け。あの男は、エオリア王女がこの国に来るように、おまえが婚約解消されるように仕組んだんだ!!」

「……そんな力はないはずですが、いったいどうやって？」

「王妃陛下はじめ、王宮の貴婦人の多くは、エルドレッド商会から宝飾品を購入している。ヒム王国とも交易をしている商会は、王妃陛下にくりかえし、ヒムとの関係性強化を勧めたそうだ。その影響で国王陛下、王妃陛下はエオリア王女との政略結婚をお考えになり、昨年、王女の留学が決定した」

「でも、……婚約破棄を最終的にお選びになったのは、アトラス殿下と国王陛下、ですよね？」

「し、しかしだ!!　エオリア王女ほどの好条件の姫君が現れなければ、おまえと婚約解消などしなかった!!」

（言いわけになってないし、好条件というか、見た目がアトラス殿下の好みど真ん中だったからでは？）

……と言いたかったけど、私は飲み込んだ。

婚約破棄の原因に、ヴィクターがかかわっているのでは、と言われて、動揺していた自分に気が付いた。

いや、ヴィクターにそんなことをする動機もない。

くりかえすけど、どうあれ結局、婚約破棄を選んだのは殿下だ。

――――というかアトラス殿下、こんな会話に、貴族の子弟を立ち会わせて大丈夫ですか？

「腹が立たないのか？　騙《だま》されていたと思わないのか⁉　自分で婚約解消になるよう仕向けておきながら、ぬけぬけと言い寄ってきた男に」

確かにエルドレッド商会は、ヒム王国とも交易をしているはず。

だけど、さすがに政策そのものを動かすほどの力はない。

（交易をしている国と関係がよくなってほしい、というのは、商人としては当たり前の考え。ヴィクター自身が関与していなくても、エルドレッド商会の方が、王妃様にヒム王国との関係強化をすすめることがあったとしても、何も不自然ではないわ）

「……国家反逆の疑いとおっしゃったのは⁉」

「エルドレッド商会は、ヒム王国の重臣たちともつながっている。留学や政略結婚にあちらが乗り気になるよう、より直接的に働きかけることもできたはずだ」

できたはずだ、つまり、証拠はない。

これについては単なる王子の言いがかりということだ。

「そもそも敵国ではなく、友好国ですよね？　エルドレッド商会が国をまたいで商売しているのは周知の事実でしょう？　それを、我が国を裏切ってほかの国に有利に動いているはずと疑うのは、かなり強引では？」

「まだあるぞ‼　これが本命だ‼」

裏返った声で王子は必死に叫ぶ。

「あの男、ヴィクターが、戦功をあげたのは偶然じゃない。平民の学校を飛び級で卒業して、王立官吏高等学院に進学予定だったのをやめて、不自然にもわざわざ、ゼルハン島のエルドレッド商会支部に行っている。まるでそこに、官吏よりもうまみのある将来があると、わかってでもいたかのようにな」

……え。

そんな話は聞いていない。

ただ、家の手伝いでゼルハン島にいて、戦火に巻き込まれてしまったと。

物語に出てきたから覚えた戦闘魔法が、役に立ったと。

持ってきていた『鋼の乙女の英雄譚』の本が、心の支えだったと。ヴィクターはそう言っていた。

「それはつまり、殿下は……ゼルハン島への敵国の侵攻を、ヴィクターが事前に知っていたと、そうおっしゃりたいのですか？」

「そうだ‼

あの男は、この二、三年で大量の魔導書を個人で輸入した。この国で魔法を身に付ける必要などどこにある⁉　しかも、時間を見つけては戦闘訓練まで受けていたんだぞ‼　そこまで把握していたなんて、敵国と内通していた以外に考えられるか⁉」

それは……物語に没入しすぎたから、では、言い訳できない。

ヴィクターが私に話していないことがある。それは予想していた。

なのに、アトラス殿下から突きつけられるなんて、嫌だ。

ヴィクターから聞きたかった。

「よく聞け、テイレシア。おまえは王族で、財産も、王位継承権も持っている。未来の王妃としての教育を受けてきたために、王家の機密や門外不出の帝王学も学んでいる。悪いことを考える人間からすれば、利用価値がありすぎるんだ」

「ヴィクターが、何か良からぬことを企んで計画的に私に近づいた、とおっしゃるんですか?」

少し声が震えてしまったかもしれない。

アトラス殿下が私を、鼻で笑った。

勝った、という表情だった。

「鏡を見てみろ。会ったことも話したこともない男から情熱的に求婚されるほど、いい女か? おまえが?」

……ダメだ、それは反論できない。

少なくとも、ヴィクターと自分では……。

(いいえ。いつもの、アトラス殿下の手だわ)

言葉の刃で自信を折って、心を折る。そうしていつも私に言うことを聞かせるのだ。

（委縮しては駄目。冷静にならないと）

結局この場で決まるものは何もないのだから。

「……元婚約者を罵倒して、満足されましたか？　そろそろ、解放していただけないでしょうか？」

「泣きそうな顔だなぁ、テイレシア」

薄く笑いながら、アトラス殿下は立ち上がり、私のほほに触れようとしてきた。


「――――触らないでください」


殿下の手をとどめて言うと、「は？」と、アトラス殿下は何もわかっていないような顔で眉根を寄せた。

どうしてわからないんだろう。

ヴィクターがどういう人間か、という話と、私とアトラス殿下の関係性は、まったく別の話だ。

「殿下は国王陛下承認のうえで私との婚約を正式に解消し、エオリア王女に求婚していらっしゃる。そして、私は、ヴィクター・エルドレッドの婚約者です。今この場でどんな話があろうとも、私たち二者の間の話。もちろん、婚約を覆せるものではない。だから触れないでくださいと申し上げました」

「……なんだと」

「アトラス殿下なら、おわかりでしょう？　私よりも先に、国王陛下と王妃陛下に婚約破棄の根回しを終えていらっしゃったアトラス殿下なら」

言い終えると、不思議と身体の芯がじんわりあたたかくなったような落ち着きに満ちてきた。

ヴィクターに守られている、と、感じた。

ここにはいないヴィクターの存在に。

――――私、愛しているんだ、彼を。

「よ、良かれと思って言ってやっているのに、何だその言い方は‼」

「事実を述べたまでです。このことは、私はヴィクターと話します。殿下は殿下で、エオリア王女とのことをお考えになっていればよろしいでしょう？」

「テイレシア……ここまで言って、おまえ、わからないのか？」

「何がですか？」

「よりを戻してやると、そう言っているんだ」

「…………？」

どういうこと？

エオリア王女との婚約がうまくいかず、もう一度私と婚約をと？

それとも、クロノス卿のお母さまのように公妾《こうしょう》にでもなれと？

それにしても、『よりを戻す』という言い方は、ない。

だってアトラス殿下と私は、一度も、恋愛関係になんかなったことは、ない。

「私は――――」

戻れるわけがない、あの閉ざされた未来しかない、色のない毎日に。

ヴィクターがいてくれたから、私は未来に夢を見られた。

笑顔に救われた。

自由を、生きる希望を、彼はくれた。

彼と婚約する前になんか、戻れるわけがない。

もしもヴィクターが、本当は何か企んでいたとしても。たとえ破滅の未来が待っていたとしても、私は。


「ヴィクター・エルドレッドと結婚します」


ほほに激しい痛みが走る。

殴られた衝撃で、私は椅子から転がり落ちた。

＊　＊　＊

「……あれー？　テイレシアはいったいどこなんだろう⁉」

〈淑女部〉生徒会副会長である私、カサンドラは、生徒会長室にテイレシアがいないので首をかしげながらあちこち探していた。

昨日と今日は、家の所用で王都を離れていた。私がいない間に、某王子がいらんちょっかいをテイレシアにかけてやしないだろうか……と気になって。もう放課後だけど早く彼女と話したくて学園に来たのだ。

なのに、いない。見当たらない。

〈図書館かなぁ。この時間、彼女があちらに行くことは珍しいんだが…〉

そんなことを考えながら図書館に入った。

……ら、入り口付近で、ものすごく不穏な光景に出くわしてしまった。

二人の男子学生がにらみ合って、というか、一人が一人につかみかかって喧嘩《けんか》寸前である。

一人は〈紳士部〉生徒会長、クロノス・ウェーバー。

もう一人は、一年生ヴィクター・エルドレッド。

細身のクロノスに、かなり長身かつ筋肉質でがっちりしているヴィクターが絡んでいる図は、絵《え》面的《づらてき》にいろいろとまずい。

そうして、周囲の人間たち――一年生男子。ヴィクターの友人たちが多いのか？　――が、ひどくオロオロしている。

「ヴィクター？　その不穏なポーズはいったい何なんだい？」

焦った内心を隠して、私はヴィクターに声をかける。

あくまでも余裕で。それでいて『私を誰だと思ってるんだ従わなければただじゃおかないぜ？』という言外の含みを伝える。

事業をする中で大人と交渉しながら身に付けた〝圧〟は彼にも通じ、こちらを見たヴィクターは、渋々手を放す。

「……カサンドラ様、すみません」

「謝罪は後で聞く。クロ。キミ何を言った？」

クロノスに尋ねると、

「……人前でそんな呼び方をするのは、淑女としてどうなんですか⁉」

と、にらみながら眼鏡を押し上げた。

「事実を述べたまでです。いくらテイレシア様が王位継承権を持つ御方でも、自分も王族の仲間入りができると勘違いをするな、と」

「そうか。ずいぶん典型的な当て馬のセリフを吐いたんだな、この悪役令息は？」

「調べれば調べるほど、この男は怪しい。下手をすれば敵国のスパイの可能性もありますよ。君ともあろうものが、親友の付き合っている男の身辺も調べなかったのですか？　カシィ」

子どもの頃の愛称で言い返してくれるとは、ちょっと嬉しいが、どうもクロノスがヴィクターに対して多大なる誤解を抱いてしまっているようなのはまずい。

クロノスは高位貴族の令息という立場だし、国王陛下の実子だということもある。ひそかに手を回せば、いろいろと調べることができてしまったんだろう。

――――テイレシアへの、一途な想いで。

「それは、彼の習得した魔法とか経歴について言っているのかい？」

「行動履歴を言っているのです。どう考えても、ゼルハン島の事変を先に知っての上で行動したとしか思えない。動機はおそらく、貴族の仲間入りをし、さらにテイレシア様と結婚することで王宮の機密を盗める立場を狙ったのではないか。となれば――――」

ああ、人が集まってしまったなぁ。

通りすがりにスパイ疑惑を耳にしてしまった人や、ヴィクターがつかみかかったところだけ見た人もいるかもしれない。

ヴィクターもまだ殺気立ってる。顔が男前なだけに、怒ると迫力がある。

ここは、ヴィクターの名誉を（通りすがりの人に対しても）回復しておかなくては、と、私は大きく息を吸い込んだ。

「そりゃ知っていたよ？　だって私が彼に教えたんだもの」

「……は？」

「――ヴィクター・エルドレッドにゼルハン島に行けと言ったのは、この私だ」

――二年半前の、十月。

私たちが学園に入学して一ヵ月と少し経過した頃。

学園を囲む高い塀をよじのぼっている『不審者』に私が声をかけたのは、完全に出来心からだった。

「久しいな、不良少年」

私が下から見上げながらそう声をかけると、オレンジの髪の少年は、今の彼からは想像もできない鋭い眼差しでこちらをにらんだ。

身なりは良いのに、やっていることは野生児そのままだ。良い服とは裏腹に、郵便配達の子どもが肩にかけているような、ななめがけの鞄《かばん》をぶら下げているのは、両手をあけたいからだろうか。

「そんな恐い顔をするなよ。良く見つけたなぁと感心してるんだ」

「……あの時、あの人と一緒にいた」

「私の連れに会いに来たのか？　とりあえず、警備の兵に見つかる前に降りて、私の知り合いのふりをすることをおすすめするよ。子どもが銃殺されるのは見たくないからね」

そう声をかけると、存外素直に彼は降りてきた。

というか、普通の人間なら骨折不可避だろう高さから、すとっ、と降りて、ふわっと着地する。

男性の平均身長ぐらいある私の背よりは低いが、それでも見覚えのあった背丈よりはだいぶ伸びていた。

「……二年？　いや、そんなに経《た》っていないな。一年半、ぐらいか。あれから」

少年は、ごそごそと鞄から本を取り出した。私は目を見張る。

凝った装丁のその本は、私の大事な友人が書いた王道ファンタジー小説にして〝黒歴史〟、『鋼の乙女の英雄譚』だった。

「あの人が、忘れていった本を返したくて。でも、あの人は俺を見ても、わからなかった」

なるほど、彼はもう、外で一度テイレシアを待ち伏せしたのか。

変声期にかかろうとしている、高いけれどかすれた声。

髪は手入れがなっていなくて傷んでいるが、前髪の下に見える顔は、ぐっと成長している。

「まぁ、一度きりしか会っていない相手で、しかも一年以上経っていれば、普通はわからないだろうね。私は特別記憶力がいいから」

少年は、私に本を差し出す。

「あの人に、あなたから、返してもらえませんか」

「あー……ええと。悪いんだが、その本。実はあの時、棄《す》てるつもりでいたものなんだ」

「え？」

「彼女が書いた物語で、最初はお気に入りだったんだけど、婚約者に罵倒されて、からかわれてね。泣きながら手元にある分を焼き捨てた。これは、彼女が焼ききれなかった、最後の一冊だったんだ。だから、私と二人、邸《やしき》を抜け出して、棄《す》てようとした。その時、キミに会ったんだ。ねぇ、だから」

私は、ぐい、と、彼の手元に、その本を押し戻した。

「もし邪魔じゃなかったら、キミが持っていてくれると嬉しいんだが」

しかし少年は本を意地でも引っ込めようとしなくて、しばし、私と少年との間で、力比べが発生した。

均衡を破ったのは、少年の声だった。

「……あの人は、結婚するんですか？」

「婚約者って言ったから？　学園を卒業したらね。あと二年八ヵ月だから、すぐだけど。……なんでそんなことを聞くんだい？」

「誰と？」

「この国の王子様。ほんとうだよ？」

「だったら、あの人の顔が、いつも暗いのはなぜ？」

私は数秒言葉に詰まり、

「……覗《のぞ》きすぎだろう、少年」

と、茶化した返し方しかできなかった。

浮かべた笑みも、きっとひきつっていただろう。

少年はこちらを、軽蔑するように見る。

「考えすぎだよ。王子様との結婚なんて、それこそ、国中の女の子が夢見てしかるべきだぜ？　それだけ、彼女にプレッシャーがかかってはいるだろうが」

「……あなたは、本当にそう思ってるんですか？」

とどめを刺すように問われ「……思ってないよ」と、私はようやく本音を言った。

「私は、カサンドラ・フォルクスだ。キミの名は？」

「……ヴィクター・エルドレッド」

「エルドレッド商会と関係はある？」

「そこの次男です」

「そう。創業百年、王国屈指の豪商だね。ちなみに、キミが気になっている彼女は、王族かつ公爵令嬢。子どもがさらって逃げるには、少し肩書きが重たいよ？」

「べつに、誘拐なんてしたいわけじゃ……!!」

おっと、子どもにとっては『さらう』と聞いたら人さらいの方を連想するらしい。

これは私の言葉の選択がまずかった。

「俺はただ。あの人がいつもつらそうな顔をしているのが気になっただけで。どうしたら良いのか、わからなくて」

彼の言葉を聞きながら、私は深くため息をつく。

ヴィクターの言うとおり、アトラス殿下の存在は、テイレシアの顔を曇らせていた。

同じ学園に入り、長時間同じ敷地内にいるようになったアトラス殿下は、頻繁にテイレシアを呼び出してはいじめたり、取り巻きたちの前で人格を否定するような罵倒をしたりしていたのだ。

「そもそも。王家が彼女を王子の婚約者として選んだくせに、彼女の両親が亡くなったことや、テイレシアの祖母の実家が凋落《ちょうらく》したとかレグヌムの中で影響力が落ちたとかで、王家は彼女を軽視し始めた。もともと性格が最悪な王子は、彼女にならば何をしてもいいとばかりに、酷い態度に出ているのさ」

無事結婚できたとしても、きっとアトラス殿下の態度は変わらない。

それにこの国の王宮は、歴代の王妃となった女性に、激務と極度のストレス、その中でのくりかえしの妊娠や出産を強いられる暮らしを与えてきた。

歴代の王妃には、心身に負荷がかかりすぎて精神を病んだ人や、産褥死《さんじょくし》、不審死をとげた人もいる。今の王妃も何度かの流産や産後すぐのお子の死を経験している。

「それだけじゃない。テイレシアという人がありながら、王家は、より国益に適《かな》う姫君はいないかと近隣各国を探している。現状、彼女は都合のいいキープ扱いだ」

国益は大事だろうが、婚約解消された令嬢の名誉は地に落ちる。

それを避けてあげようということで王家が『温情』として、王位継承に関係しないであろう適当な結婚相手を押しつけてくるとも考えられる。

たとえば、現国王陛下の母上の実家の、五十歳暴力癖ありのゲバルト公爵あたり。

結果、テイレシアの未来は、
1、アトラス殿下の妃になるも地獄
2、婚約解消されるも地獄
3、適当な結婚をさせられてもたぶん地獄
……という酷いことになっている。

「どうしたら、あの人を助けられますか？」

そう問われた私が答えるべきは『キミにできることなど何もない』だっただろう。

だが。どうしたことかその一瞬、魔が差した。

ふわりと、再び私の中に出来心が湧いてきた。

私は眼鏡をはずして彼の顎に手を伸ばし、くい、と上を向かせる。


「――――〈予知透視《プロヴィシオ》〉」

私の左目が魔力を帯びて、彼が秘める未来の可能性――そこに悪い要素がないか――を視認した。

二年半後の彼の顔――――いい男になるじゃないか。それだけじゃない。望んだものを引き寄せる力に満ちている。あと、犯罪には手を染めなそうである。

そしてテイレシアと結ばれる未来は――――……。

「…な、何、です？」

「キミ今、いくつだ？」

「十三歳」

「学校は通っている？」

「はい」

「成績は？」

「王立官吏高等学院に進学予定です」

「かなり上位だな。運動は好きかい？」

「……？　はい」

「あと、最後のひとつ。キミ、好青年演じられる？」

「だからいったいなんの…⁉」

いら立ち紛れに大きな声を出しかけた彼は、不意に悟ったように口をつぐんだ。

「……それは、あの人を助けるのに、何か関係ありますか？」

「頭がいいな、ヴィクター。でも今のは単純に、キミが彼女の好みの男に育つかどうか、だよ」

ガクッ、とヴィクターの膝のちからが抜けた。

「………じゃあ、具体的に、あの人を助けるにはどうするんですか？」

「今からの私の言葉は、必ずそうなるという保証のない無責任なものだ。もしキミが、私の大切な友人に一生をかける価値があると思うなら参考にしてほしい。しかし途中でやめても、私は絶対にキミをとがめない」

頭の中で、冷静な自分は、

『こんな子どもが大それたことをやれるわけがない、薄幸の姫君を救う騎士に憧れたって一時期のことさ』

とささやいていた。

その一方で、一縷《いちる》の望みをかけてもいる。

侯爵令嬢の身分を持つ自分にもできないことを、期待してる。

「彼女の婚約がもし解消されるとしたら、殿下が卒業する年のことになるだろう。

そのときにもし、キミが彼女を救えるとしたら、やるべきことは三つ。

一つは、そのときまでにキミが、彼女に求婚できる身分になる。

次の一つは、キミが彼女の心をとらえる。

最後の一つは婚約解消直後、とにかく可及的速やかに、求婚する。

王宮は、他の結婚相手の目星をつけていたとしても、必ず婚約解消からは間を空けるはずだ。その隙を突く。国王陛下の許可なんかどうせ取れないだろう。早さが勝負だ」

目の前の十三歳の子どもに、とんでもないことを要求している自覚はある。

だけど、私の話を聞く彼の翠《みどり》の目は、本気だ。

「一つめを叶えるには、貴族になれ。しかし官吏経由だと時間がかかりすぎる。金で爵位を買うとしても子どもじゃ相手にされない。時間的に間に合いそうなのは、著しい戦功をあげること。近年、中産階級から貴族に採り上げられる例は珍しくはない。キミなら、実家が王国中に影響力を持つ億万長者なことを考慮して、甘く査定してもらえるだろう」

そう言うと、少し嫌な顔をした。

さすがに子どもでもプライドが傷つく言い方だったか。

「すまない。なりふり構わず、実家だってなんだって使えという意味だ。使えるものをすべて使って、それでも届くかどうかわからないものの話を、今、私はしているんだ」

「――――戦功……。でも十五歳にならないと兵士には」

「巻き込まれる、という手がある。おそらくだが一～二年以内にゼルハン島を狙っての敵国侵攻がある。エルドレッド商会の支部があそこにもあるだろう。武器弾薬を貯めこんで船も準備しておけば」

「たとえばですが――魔法はありですか？」

「魔法？」

「ええ、たとえば。〈眠りし炎よ、目覚めて千々に砕け散れ〉――〈噴火《エルプティオ》〉」

ヴィクターが上に向けた手のひらから、人の首ほどの炎の球がポンと出現し、ふいっ、と彼がそれを天に投げ上げると、上空で、大砲を撃ったような音と大きな爆発が起きた。

「驚いた。爆裂魔法じゃないか！　貴族でもまともに使える人間はほぼいないぞ」

「『鋼の乙女の英雄譚』に出てきたから……レグヌムから魔導書を輸入して、勉強しました」

「国内では禁書になっているから、国外からか……」

口から、乾いた笑いがうまれた。

物語の中に出てきた魔法を、魔導書を輸入して手にいれて勉強してマスターしてしまったって？

たった十三歳だぞ？　どんな頭脳と才能だ？

いや、ただ利口なだけじゃできない。利口なうえで、とんでもなく馬鹿な賭けに乗れる肚《はら》がないと。

ただ、それでも賭けずにはいられない。

王子様でも勇者でも人さらいでもなんでもいい、テイレシアを幸せにしてくれる可能性があるのなら。

「二つめ。彼女の理想の男性は、『鋼の乙女の英雄譚』第二章から出てくる勇者さまだ」

あくまでも明るくて快活で女性に優しくて、周囲を幸せにする男。

私の見る限り、好きな女の様子が知りたくて学園の塀を登ってる少年とはまったく違うタイプだが、せいぜい演じてみせてくれ。

「三つめのタイミングは、彼女の近くにいる私が教えるよ。彼女の名は、テイレシア。公爵令嬢テイレシア・バシレウス・クラウン」

こうして私は、オレンジの髪の目つきの悪い少年……ヴィクター・エルドレッドに――極めて分の悪いことを承知の上で――自分の出来心を託したのだった。


……まぁ、そんなことを一からこの場で皆に話せるわけもなく。

「……正確には、私の予知魔法と知っていた情報の組み合わせだ。ゼルハン島が危ないと、何年も前から私が父を通じて王宮に進言していたのに、国王陛下は取り上げてくださらなかった。仕方がないから私は、以前に会う機会があったエルドレッド商会の息子に教えておいたのさ。ヴィクターはゼルハン島で仕事を手伝う際に、それを念頭に置いておいたから、必要な準備ができていたんじゃないかなっ」

――よし、これで、つじつまを合わせられた。

（あとはヴィクター、ぼろを出さないでくれよ？）

肝心の彼は落ち着いたらしく、殺気も収まっている。

クロノスはというと、まだ少し疑わしそうだ。

「……しかし、あの婚約破棄の直後の、あまりにもタイミングが良すぎる求婚は」

「ずっと、あの人を見ていました」

（ヴィクター!!　願った端から思い切りぼろ出してる!!）

私の祈り空しく……真剣な顔になったヴィクターは、言葉をつづけた。


「俺はずっと、あの人が好きでした。

婚約者がいるのは知っていましたから、結婚しないようにと、ずっと願っていました。

できる限りのことはしたし、その幸運がもし起きたらどうあの人に自分の思いを伝えるか、ずっと頭の中で試算《シミュレート》してきました。

だからあの時あの場で、俺は」


……ヴィクター??

キミが学園で演じてきた好青年的キャラが今、囲んでいるみんなの中で、音を立てて崩壊しているぞ?!

そうハラハラしながら、そのくせ私はなぜか、ヴィクターの本音吐露《とろ》に、妙な爽快感を覚えていた。

「ヴィクター・エルドレッド、君は……」

クロノスが、言葉をつづけられない。

彼がテイレシアのことを子どもの頃からずっと好きだったのは、私も知っていた。

テイレシアの立場が弱くなってきて、アトラス殿下に別のお相手を探そうという提案を重臣たちがし始めたころからずっと……王宮の人間たちにはたらきかけて、自分との婚約に変えられないかと動いていた。

身分はつり合っている。

愛情のない結婚なんて当たり前の世界で、クロノスはテイレシアを愛している。

それが叶う未来だったなら、貴族令嬢としての比較的普通の幸せが手に入ったかもしれない。

でも、私は知っている――それが、存在しない未来であることを。

「……か、会長！！！」

間が空いたタイミングを狙ってだろうか、ヴィクターの友人たちが、彼に飛びついてきた。

（いったい何をするんだ？）

と驚いて見ていると、彼らは背の高いヴィクターの頭を、一生懸命ぐいぐい下に押して、クロノスに対して頭を下げさせようとする。

「そ、そうなんです！　こいつは、ただただ、テイレシア様が好きなバカなんです!!」

「ちょっとアホで礼儀知らずで、でも、テイレシア様だけは絶対に裏切りません!!」

「でも、テイレシア様のためだったら敵国のスパイぐらいするかもしれません！」

いや最後、おかしいから。


「「「どうか、不敬罪だけは……!!」」」


真剣にバカなことをやっている友人たち。

……そうだね、一応クロノス、国王の息子だったね。

彼らの顔と、ヴィクターの顔を、私は交互に見た。

四年前の殺気立った悪ガキのヴィクターなら、この扱いには怒っていたかもしれない。今の彼はわりとまんざらでもなさそうにも見える。

貴族の同級生たちとはいい関係を築けているのか。

親友を助けたいという自分の勝手な望みのために、彼を貴族の世界に引きずり込んでしまった私としては、ホッとする。

「カサンドラ。君も彼らと同意見なのですか？」

クロノスがジトっとした目でこちらを見る。

「えーと……大丈夫。心配しなくても、ヴィクターは賢いよ。必ずテイレシアを守ってくれる」

「……そうですか」

そう。頼むから応援してくれ。

ヴィクターは必ずテイレシアを幸せにできる男だから。

いや、もう、幸せにしているから。

「――――あ、そうだ、大事な用が。ヴィクター？」

私が声をかけると、ヴィクターに頭を下げさせるべく体重をかけようと格闘していた友人たちが（いじめっぽいからそろそろやめなさい）、ヴィクターから下りた。

「テイレシア知らない？　生徒会長室にいなくて」

「先ほどパークス先生に呼び出されてお部屋に行かれました」

「パークス先生のとこってことは、女子寮の一番奥かぁ。わかった、ありがとう。ん……クロ？どうした？」

私とヴィクターの会話を聞いていたクロノスが、ふと、考え込む様子を見せたのを、私は見とがめた。

「パークス先生は、さっき〈紳士部〉の生徒会長室にいらしていました」

「え？」

「昨日突然、部屋を替わることになり、本の置き場がなくなってしまったから学生に譲ると」

待って、部屋を替わったということは、呼び出しは、パークス先生からじゃない？

「隣がエオリア王女のお部屋なので、急に部屋を空けろと命じられたと」

「誰の命令⁉」

つまり、テイレシアがその部屋に向かったら、待ち受けているのはそいつ？

それも王女の隣の部屋だなんて、まさか。

「――――アトラス殿下です」

クロノスの口からその名前を聞いた瞬間、ヴィクターが駆けだした。

「ヴィクター、女子寮は……‼」

叫んだ私の声も、届かない。猛烈に駆けていくその背中はすでに遠かった。

足が速すぎる、彼は。

いや、もう女子寮は男子禁制だとか言ってる場合じゃない。

「――――カサンドラ。私が立ち入りの許可をもらってきます。君は彼女を助けてきてください」

「頼むよ‼」

私はスカートの裾を持って、猛然と学園の廊下を走り出す。

周囲の学生たちが、びっくりしたように私を避けていく。

走る私に、

「カサンドラ副会長、大丈夫ですか‼」

ヴィクターの友人たちも並走してきた。

「……懲戒処分に巻き込むかもしれないけど、大丈夫かいキミたち？」

「「たぶん大丈夫です!!」」

「助かった、感謝するよ!!　副会長の全権力を以って懲戒処分は阻止してやる!!」

あわてすぎて、自分で何を言ってるのかわからない。

叫ぶように会話しながら、私たちは走る。

どれぐらい時間がたった？

アトラス殿下は何をしようとした？

頼む、テイレシア。無事でいてくれ。

◇◇◇

「――――なんの真似ですか」

先ほどの部屋と続き部屋になっている、奥の寝室に、私は引きずり込まれていた。

取り巻きの男子学生たちは、こちらには入ってこなかった。

外で見張りでもしているのだろうか。

いた。


（ここ、女子寮なのに？）

本当に、何をしているのか。

こんなこと、発覚したら……取り巻きの彼らの家も大変なことになるのに。

それでも王子に逆らえないの？

疑問だらけの私は、パークス先生が使っていたであろう、小さい古いベッドの上に押し倒されて
いた。

両腕は頭の上で束ねるように縛り上げられて、さらにアトラス殿下の手に押さえ込まれる。

両足は殿下の体重で動けない。

「…………何をしていらっしゃるかと聞いているのですが」

初めて知った。男性に上に乗られると、重い。

重みが、痛い。

吐きそうなほどの嫌悪感。

殿下は「不敬だな」と、私の口を押さえ込んだ。

痛い。……あごの骨が割れそうに思えるぐらい。

息ができない。

（……なにこの馬鹿力。おなじ生き物なの？）

「何をしていらっしゃるか、だと？　身分の低い者から高い者に話しかけてくるなどマナー違反だ

と、習わなかったのか？」

「!!………!?……」

「もがくな。暴れるな無礼者が。王太子に恥をかかせるのか？」

まさか、と、思った。

私の襟元のボタンに、アトラス殿下の手がかかった。

「女は何もしなくていいんだ。じっとしていればすぐに終わる」

「———!!」

必死で私は、頭上の縛られた腕を振り下ろしてアトラス殿下にぶつけた。

けれど殿下は、ちょっと痛そうな顔をしただけで顔色も変えない。

「……俺がもし、いにしえの王なら、おまえは今ので首をはねられたところだぞ？　貴族とは王に仕えるもの、王に仕える女なら褥《しとね》に王が入ってきても悦《よろこ》んで受け入れるもの。おまえは本当に臣下として心構えがなっていない」

そうあざわらって、肩も外れるんじゃないかと思ってしまうぐらい乱雑に、私の縛られた腕を、頭の後ろに無理矢理折り込んだ。

自由になった口で、私は続けた。

「……いずれにしろ、殿下はエオリア王女がお好きで、私に関心などないでしょう？　だったら、放っておいてくだされば良いではないですか？　私には、ヴィクターが」

「思い出させてやろう。ヴィクター・エルドレッドが十八歳になれば、爵位を与えられ、貴族になる。それはつまり、いずれ、この俺に仕えるということだ」

「…………」

アトラス殿下の指が、思わせぶりに私の唇をなぞる。

まるで気持ち悪い虫にでも這《は》われているようだ。

「それとも貴族の身分など捨てるのか？　であっても、エルドレッド商会の力を頼ることになるんだろうなぁ。俺が将来得る力なら、潰すなど造作もないことだ」

将来の王だとは、到底思えない言葉を吐く。

「……泣き寝入りはしませんよ」

「責任は俺が取ってやるに決まっているだろう？」

ダメだ、噛《か》み合っていない。

「それに、今騒いでいる愚民どももいずれ気づくはずだ。公爵令嬢と平民の出の男が結婚するなんて貴賤《きせん》結婚もいいところだ、と、そのうち手のひらを返す。公爵令嬢が王の公妾になるほうが、愚民どもだって最終的に納得するのさ。

……………さぁ、焦らすなテイレシア。エオリア王女はもう初夜まで待つことに決めたが、おまえごときが王子を焦らすなど許されるか」

再び、私のボタンを外し始めるアトラス王子。

私は、恐怖よりも怒りが強くなってきていた。

何を考えているのか。

人をなんだと思っているのか。

こんな人の言葉に動揺した自分が馬鹿だった。

私は――――ヴィクター・エルドレッドの婚約者だ。

胸の下までボタンを外し終わった殿下が、顔をこちらに寄せてきた次の瞬間。


私は、背筋と首の力で思い切り身体を起こし。

額の中央を、アトラス殿下の鼻にぶち当てた。


「!!」

アトラス殿下が鼻を押さえる。

腰を浮かせた。足をぶんと思い切り跳ねあげて太股《ふともも》を股間にぶつける。夢中だった。

蛙《かえる》が潰れたような声を出して、アトラス殿下は股間を押さえて丸まった。

私はぐるりとベッドの上を転がって、落ちながら回り、どうにか縛られたまま身体を起こして、立った。

「き、さま………」

「わからないなら、言ってあげましょうか。大嫌いです。私、あなたに言われ続けてきたこと、心底へドが出るんです」

どうして私が言うことを聞くと思っていたのか、彼の脳内は正直理解したくない。

ただ、今、言わなければと思った。

言わない気持ちは、ないことにされてしまうのだから。

「なんだと、おまえ……!!」

壁につかまりながらよろよろ立ち上がる殿下を横目に、ドアまで走って、縛られたままの手でガチャガチャとノブをひねる。

開かない。体当たり。どうにもならない。

がばりと、後ろから抱きしめるようにアトラス殿下が私を捕まえにきた。

力強くてもあくまでも優しいヴィクターのそれとは全然違う、乱暴なアトラス殿下の腕。

ずるずると、ベッドに引き戻されそうになる……その時。

びき。

びきびきびきびき……。

不吉な音が響くと。

壁にいきなり大きなヒビが入り始めた。

(………⁉)

何だろうと思ったその時、熱風が私たちをかすめて壁の一部を吹き飛ばした。

さらに瓦礫《がれき》が砕ける。落ちる。

見えないハンマーが振るわれたかのように壁一面ほぼ砕き尽くされる。

立ちのぼる、白い煙のその向こう側。

廊下に立つ、拳を握りしめた見慣れた長身の少年が、壁に向けて魔法を撃ち込んだままの姿勢でいるのが私に見えた。


「ヴィクター‼」

私は思い切り、彼の名を呼んだ。

＊　＊　＊

テイレシアをベッドにくみしきながら、俺は彼女に説いていた。

貴族だったら誰でも納得するはずの、しごく、常識的な話を。

「……それに、今騒いでいる愚民どももいずれ気づくはずだ。公爵令嬢と平民の出の男が結婚するなんて貴賤結婚もいいところだ、と、そのうち手のひらを返す。公爵令嬢が王の公妾になるほうが、愚民どもだって最終的に納得するのさ」

そうだ。今は『政略結婚なんて』と感情的に騒いでいる新聞も愚民どもも、自分たちと同じ平民出身の男が王族の女と結婚するのを、最終的に受け入れられるわけがない。

今後あの男に爵位が与えられると言っても、せいぜい子爵か男爵というところだろう。一代限りの爵位かもしれない。

そんな身分で王位継承権を持った公爵令嬢を妻にするなど、非常識だ。

俺は当たり前の話をしているだけなのに、テイレシアは、こちらをぐっとにらみつける。

貞操さえ奪ってしまえば、俺に従うだろう……そういう自信が揺らぎそうなほど、そのテイレシアの顔が美しいと思った。

俺の前でオドオドして、怒らせないようにと気をつかっていた女はどこにいったのか。

手放せない、という感情よりも、俺はその美しさに欲情した。


――――なぜ婚約破棄などしたのか。

不意に浮かんだ後悔に似た感情を、俺は内心で打ち消した。

婚約破棄をする前もした後も変わらない。

テイレシアは、俺のものなのだから。

「………さぁ、焦らすなテイレシア。エオリア王女はもう初夜まで待つことに決めたが、おまえごときが王子を焦らすなど許されるか」

その言葉には嘘《うそ》が混じっていた。

今、俺は、エオリア王女ではなくて彼女を抱きたかった。

そうだ、元々俺は、彼女に関心がないわけじゃなかったんだ。

俺に好かれようと努力する姿勢は好ましく思っていたし、気づかないうちに気配りをしてくれている態度も見事だった。

厳しい王太子教育の中で、国王陛下にも周りの大人たちにも何度もクロノスと比較され、

『いっそクロノス様が王太子になられたほうが……』

などと言われて屈辱を味わった俺を、テイレシアは慰めてくれた。

書いている小説だって、本当は、どんな内容のものを書いているのか興味があったんだ。興味と期待が高かった。感想だって詳しく言ってやった。俺ほど彼女の小説を読んでやった人間はいないだろう。

確かに、将来テイレシアは妻として俺に仕えるのだから、甘やかすと良くないと思い、時には厳

しいことも言いはしたが、俺との年月を思い出せば、必ず俺への愛を取り戻すはずだ。

そうだ、おまえは――――。

ほどよく肉がついたまろみのあるテイレシアの身体。

夢中で、前身頃のボタンを外し、胸の膨らみをギュッと押さえているコルセットに手をかけようとした、その時。

俺は、目の前に火花が散ったのを感じた。

（…………？？？）

頭突きだ。

頭突きを食らったのだ。

さらに、股間に激痛。

蹴られた⁉

テイレシアが、俺の股間を、蹴った⁉

一瞬息ができなくなるほどの痛みに悶絶《もんぜつ》して、俺は転がる。

さほど蹴りなれていなかったのか……本当に危険な箇所をピンポイントでやられていたらもっとまずかっただろう。

だが、痛い。耐え難いほど痛い。

「き、さま……」

「わからないなら、言ってあげましょうか。大嫌いです。私、あなたに言われ続けてきたこと、心底ヘドが出るんです」

（なんで、そんなことを言うんだ⁉）

俺が、何をしたというんだ⁉

いや、違う。

あの男が、なにか余計なことを吹き込んだんだ。

縛られたまま、鍵のかかったドアに何度も体当たりして、出ていこうとするテイレシア。

（行かせるか！！！）

立てるようになるや否や、彼女を抱きしめて部屋にとどめようとした時。

なぜか部屋の壁が一面、すべて砕けた。


そして俺は今、ヴィクター・エルドレッドと対峙《たいじ》している。

（――――――こいつ、頭がおかしいのか？）

壁を一面ぶち壊された俺のなかに、真っ先に浮かんだのは、怒りよりも当惑だった。

この俺に危害を加えようというのはいうまでもなく、重罪だ。

その俺がいる部屋の壁を、魔法を使って壊すとは。

こいつは、王家が怖くないのか？

頭がイカれているのか？

気づけばテイレシアが、俺の手をすり抜けて逃げて、ヴィクターのそばにいる。

二人が見つめあった一瞬、頭が沸騰した。

「テイレシア様、遅くなってすみません」

「……見たまま以上のことはされていないわ、大丈夫」

オレンジ頭の山猿は、俺から目を離さず、脱いだ上着でテイレシアの上半身をくるむ。

そしてテイレシアの手を縛った縄に触れて、

「――――〈切断《セクティオ》〉」

一瞬で魔法で切断した。

……こいつ。平民のくせに、どれだけ魔法を使いこなすんだ。

怒りのまま俺は、ヴィクター・エルドレッドに向かった。

自信はあった。

王子として護身の武術はたしなんでいたし、優秀だとずっと誉められてきた。

それに、上流階級の間で最近流行し始めたボクシングでも、俺は負けたことはない。

「っ！！」

しかしジャブを打つタイミングにきっちり合わされて拳を食らったのは、俺だった。

大砲で撃たれたような重さのパンチに、頭が吹っ飛ばされたんじゃないかと思った。俺の身体は後ろに飛び、ベッドに背中をぶつける。

「……な、……なにが……?」

呆然《ぼうぜん》とした思いが、そのまま口から出てしまう。

いや、起きたのはごくごく単純なことだ。

カウンターを食らわされたのだ。この俺が。平民に。

(この男……躊躇《ちゅうちょ》なく、なんの遠慮もなく、俺を殴った? 王子の顔を?)

痛くて頭がくらくらする。

砕けた瓦礫《がれき》が舞い上げた土煙が落ち着くと、廊下の様子が視界に入ってきた。

見張りに立たせていたはずの連中が、外で倒れて転がっている。

彼らもヴィクター・エルドレッドにやられたのか?

なんなんだ、いったいなんなんだ、この男は?

「立ってください、王子」

ヴィクターが、指をくいくいと上げて、立てよというジェスチャーをする。

目が、また鋭くなっている。

殺すべき敵を前にした、冷徹な狼《おおかみ》のような。

ぞくりと、背筋に寒気が走った。

（お、俺は王子だぞ⁉　頭のおかしい奴なんて、相手にしていられるか⁉）

と混乱する感情と、

（調子にのるな、この山猿が！！！）

という怒りとで、頭がぐちゃぐちゃになる。

どうするか答えが出ないまま俺は立ち上がった。

俺が立つと、ヴィクター・エルドレッドは、すっと構えた。

ボクシングの構えとは少し違う。

腕を構える位置がやや高く、身体が大きいのもあってかなり威圧感を覚えた。

殴られた衝撃が足に来ていて、まだ足元がふらつく。

（さっきのストレートを食らうと危ない……。距離をとって、ボクシングで闘うふりをしながら、攻撃魔法だ。無詠唱、かつ魔法名も口にせずに、俺が使える魔法は……防御魔法と、あと……）

「いきますよ」

「⁉」

上から撃ち下ろすようなパンチの連打が、俺を襲った。

両腕でガードしながら、防御魔法を発動させる。

（高低差、高低差が！）

軌道が上からだと、奴の拳は巨大な投石のように、俺の腕のガードを越える。

防御魔法もあってないようなものだ。

腕越しに受ける衝撃と痛み。

そして俺の顔、つまり王子の顔にも容赦なく拳を当ててきて、じりじりと俺は壁のほうに押されていく。

殴られる、痛い、息をつく暇もない。

反撃しようとする隙も余裕もない。

俺は腰を落とし、ようやくヴィクターのみぞおちにアッパーを叩き込んだ。

(⁉)

まるで大理石の神像でも殴ったような感触。

みっちりと鍛え上げられたヴィクターの筋肉は、俺の拳にびくともしない。

というか、俺の拳の方が、痛い‼

「……〈炎《フランマ》〉‼」

ほとんど恐怖から、殺してしまうかもしれない可能性さえ頭から飛んでしまった俺は、みぞおちに触れた拳の先で炎魔法を発動させてしまった。

(！！！)

しまった、と思った。

しかし拳の先にできた魔法陣は、ヴィクターがなにごとか唱えると一瞬でかき消えた。

――――魔法を、無効化された⁉

(ばかな。これは高位貴族が独占している魔法だぞ‼　知っていなければ、無効化魔法など使えないはず‼)

疑問に思った、そして気づいたときには、相手にがっちりと首を抱え込まれていた。

逃げられない。

びくともしない。

(何が起きる?)と思った次の瞬間。

「うげげぼぁッッ!!!」

胃を下からえぐられるような衝撃に、口から内臓が飛び出したかと思った。

魔法じゃない。膝だ。

ヴィクターが、膝を、こちらのみぞおちに突き込んでくる。

再び膝が、俺の胃を突き上げる。

水車小屋に備え付けられた、容赦なく小麦をつき砕く杵《きね》のように。

何度も、何度も。

「も、やめ、はなして、くれ……!」

言いたくもない懇願の言葉が、口をついて出てきた。

ヴィクターが俺を離して、床に放り投げた。

俺は床に転がり、顔と胃に何度も食らった衝撃の残像に耐える。

痛い。痛い。理不尽なほど、痛い。


「……テイレシア‼　ヴィクター‼」

駆け込んできたのは、フォルクス侯爵家の娘カサンドラと、見慣れない男子学生が数人だった。

みぞおちの痛みで声が出ない俺は、一生懸命口をぱくぱくさせた。

……おまえら、止めろ。そこの山猿を……。

「テイレシア、殴られたの⁉　手も、うわぁ跡が酷い‼　縛るなんて‼」

おいカサンドラ。

もっと酷い目に遭ってる王子が床にいるんだが‼

気づけ‼　見ろ‼　助けろ‼

というか、砕けた壁にはコメントなしか‼

「うわ本当だ、痛そうですね、テイレシア様‼」

「俺、布を冷たい水で濡《ぬ》らしたやつ持ってきます‼」

「椅子をとってきます！」

そこの男子学生ども‼　おまえらも無視か‼

殴られたせいばかりではなく、頭がくらくらしてきた。

なんでこんなに馬鹿ばかりなんだ。

おまえたち？

俺が何者か、忘れたのか？

王子である俺にこんなに酷い被害が起きてるんだぞ？

膝蹴りで一瞬忘れてしまったが、ヴィクターに顔面も相当殴られ、痛いどころじゃない。

俺のこの美しい顔も、かなり酷いことになっているはずだ。

まずは王子である俺に駆け寄って、

『大丈夫ですか⁉』

と気づかう一言だろう？

「————女子寮立ち入り、許可を取ってきました‼　……で、これは……？」

遅れて走ってきたクロノスが、ようやく気がついてくれたようだ。

崩れた壁をまたいで部屋のなかに入り、うずくまる俺の前に、ひざまずく。

「殿下、これはいったい？」

最初に俺を助け起こそうとしたのがよりによってクロノスだというのは気にくわないが、ようやく俺も胃の痛みが落ち着いてきた。

まだまだ気持ち悪いが、起き上がれそうだ……。

不本意ながらクロノスの手につかまり、どうにか立つ。

「おい、おまえ、たち。こんなことをして、ただで済むと、思ってないだろうな？」

自分の口から出た言葉が、なんとも三文小説の小悪党っぽく、自分で嫌気がさす。

本当なら王子としてカッコよくふるまい、最初から暴漢は退治していたはずなのに。

そもそもこのヴィクター・エルドレッドさえいなければ、テイレシアにこんなことをしなくても良かったのに。

「おまえたち、何とか言ったらどうだ⁉　王子である俺を襲った重罪、裁判次第では死刑にも相当するからな‼　わかっているのか⁉」

がなりたてたのは、誰一人俺に平伏するようすがなかったからだ。

「ヴィクター、謝んなくていいぞ？」

とか後ろで小声で言ってる男、おまえ、顔覚えたぞ。

「どうにか言ったらどうなんだ‼　どうにか……」

「まぁ‼　いったいどうなさいましたの、これは⁉」

俺は心臓が止まるかと思った。

いるはずのない人間の声が、こんなに恐ろしく聞こえるとは。

落ち着け。隣の部屋の、エオリア王女だ。

予定より早く戻ってきただけじゃないか。

部屋の惨状を目にし、両手で口をおおうエオリア王女。俺は背筋を伸ばし、咳払いをする。

「お騒がせして大変申し訳ないことです、エオリア王女。このとおり、私を狙って暴漢が――――」

「テイレシア様!!　どうなさったのです、このお怪我は!!」

何故か、エオリア王女は俺ではなく、自分のすぐ近くにいたテイレシアに真っ先に声をかけた。

……そうだった。

俺がさっき、テイレシアを殴った。

その傷は顔に、はっきり残っていたのだ。

「お顔に、なんて怪我を……それに手に酷い縄の跡。何者かに殴られ、縛られたのですか⁉　おかわいそう!!　わたくし付きの医師をすぐ呼びますわ。アン、急いで呼んできてくださる？」

エオリア王女にいつもついている侍女がうなずき、どこかへ走っていった。

「まっ、待ってください、エオリア王女。私も怪我を――――」

「え、アトラス殿下も、お怪我を？　大変！　どこを怪我されたのですか⁉」

「どこって……」

そんなの一目瞭然だろうに、と、言いかけて、俺は気づいた。

顔も胃も、痛みがなくなっている。

――――怪我が、治っている。

治された？

今まででいったい、誰が。

（クロノス!!）

俺は銀髪の気にくわない男にバッと顔を向けた。

クロノスは、特に動揺したようすもなく、眼鏡を押し上げた。

絶対にこいつだ。俺を助け起こしながら、証拠隠滅とばかりに、俺が気づかないうちに治癒魔法をかけて負傷を治してしまったのだ。

こざかしい。これで王子の顔を殴った事実が消えるなんて思うなよ!?

貴様ら、まとめて……。

「そういえば……女子寮は、殿方は許可なく立ち入りは禁止でしたわね」

「!!」

「アトラス殿下はもちろんいつものように許可をお取りになっていると思いますわ。でも、この、廊下に転がっている男子学生の皆様方は、いったいどうなさったのかしら??」

なんでそんな、俺に都合の悪いものにばかり気づくんだ、エオリア！！！

いつもの柔らかく可憐《かれん》な声と口調のまま、妙に鋭いところばかり突く。

やめろ、やめてくれ!!

「アトラス殿下の身に起きたことですし、大変な事件ですわ。わたくし、自分の目で今見たものについて、ヒムの父にも報告をし、また国王陛下には丁寧な調査をお願いしようと思います」

〝今見たもの〟?

…………テイレシアの胸元が開いていたのまで、まさか見ていないよな⁉

見ていないと、言ってくれ!!

「いったい、なにが起きたのか。わたくし、テイレシア様にもお話をうかがいますわね?」

エオリア王女の、柔らかで美しい聖女のような微笑みが、そのときの俺にはただただ恐ろしかった。

■第５章　可及的速やかに結婚しましょう

「……大丈夫？　ヴィクター」

私は馬車のなかで、相当落ち込んでいるヴィクターに話しかけた。

落ち込んでいるといっても、傍目には一瞬そうは見えないかもしれない。何せ、私を膝にのせて後ろから捕まえた姿勢でうなだれているので。

後ろに手を伸ばして、ヴィクターの髪に触れる。

触り心地がいいこの髪、安心する。

――――先ほどの一連の事件のあと、私は怪我の手当てをされ、そしてエオリア王女にいろいろと話を聞かれた。

すべてありのまま伝えると、王女様にはショックなのでは？

そう、勝手に気をまわした私だったけど、話しているとエオリア王女の言葉は、口調は柔らかいのに内容に隙がなく、あるがままを答えることを求めてきた。

結果的に私は、アトラス殿下のしたことを包み隠さず、お伝えすることになった。

（ショック……なのでは？）

それも、王女らしい微笑みを崩さないので、正直測りかねた。

私の印象だけで言えば、意外と冷静な様子で私の話を受け止めて、最後に手を握って、

『正直にお話しくださって、本当にありがとうございました』

と、おっしゃった。

私は今まで彼女のことを、妖精みたいに華奢《きゃしゃ》で純真無垢《むく》な、硝子細工《ガラスざいく》のようなお姫様だと、思い込んでいた。

実際にそういう、絵本に出てきそうなお姫様のようにふるまってもいたから。

じっくり話してみると、年下とは思えないほどしっかりしていて、頭の良い方だった。


『そうだったのですね、やはり。

……わたくしからも陛下にお伝えしますわ』

エオリア王女はそうおっしゃって、深々と私に頭を下げた。

そのお顔は、どこか腹を決めたように見えた。

――それからは、あっという間に夜がきて。

何事もなかったかのように、私の邸《やしき》からの迎えの馬車が来て、二人で乗ったのだ。

落ち込んでいるヴィクターは、深く息をついた。

「おひとりで行かせてしまって、危ない目に遭わせてしまって、申し訳ありませんでした」

「ヴィクターのせいじゃないわ。学園側の管理責任……といっても、首謀者が王子じゃ、学園側もどうにもできなかったかしら……。私も隙があった、とは思うけれど、それでも一番悪いのはアトラス殿下だわ」

それにしても、なぜかエオリア王女がこちらについてくださって、本当に助かった。

もし、彼女がアトラス殿下の言うことを全面的に信じてしまっていたら、ヴィクターはかなり重い罪に問われてしまったのではないだろうか。


「――――言ってなかったわね。

ヴィクター。好きよ。愛してる」


抱きしめたその手をとり、私はくちづけた。

「……テイレシア様っ」

「私もひとつね、思い出したの。あなたと昔、いつ会ったのか。……四年前よね？　町のなかで、大人に暴力を振るわれてた」

こらえかねたように、ヴィクターは私の顔を自分の側に向けてキスをした。

なぜかすごく背徳的なことをしている気になって、心臓が高鳴る。

唇が離れる瞬間が名残惜《なごりお》しくて、でもそのあと無性に恥ずかしくてたまらなくなった。

ヴィクターの手が、私の髪を優しく撫《な》でる。

「――あのとき、親との関係が良くなくて。十歳を過ぎた頃から家出をしては、同じ歳ぐらいの家のない子どもと、よくつるんでいました」

「私はあの日、外に出るのにカサンドラについてきてもらったの。『鋼《はがね》の乙女の英雄譚《たん》』の最後の一冊を、捨てるために……」

そうして、大通りのど真ん中で大人に囲まれ暴力を振るわれている子どもたちを見つけた。

……それは、あとから聞けば理由がまったくない暴力ではなかった。

誰からも保護されず食べ物を与えられない子どもたちは、生きるために悪事をはたらいた。大人たちはそれに食いぶちを奪われていたのだ。

(それにしたって、大人が子どもに暴力を振るうのは肯定できないけれど……)

ヴィクターは一緒にいて、そのまま巻き込まれたのだろう。

その中に、私は夢中で割って入った。

「あの時、テイレシア様が来てくださらなかったら、俺も含めて何人か殺されていたかもしれません」

「私が役に立った、というより、カサンドラのおかげだった気も……」

何せ私はといえば、本を盾に大人たちを止めようとして殴られてそのまま気絶しかけたのだ。

カサンドラが、『その娘、王族令嬢だぞ!!』と叫んで周りの大人たちが青くなって、ようやく、話を聞いてくれた……。

うん、思い出してもカッコ悪い。

ただの黒歴史だわ。

「そのとき、あなたとカサンドラ様が警察を呼んで両方の言い分を聞いて、大人たちとも、辛抱強く交渉をしてくださいました。おなかがすいた俺たちに、持っていたサブレを分けてくださって……」

私が作ったお菓子を、外で食べようとポーチに入れて持ってきていたのはカサンドラだ。

だけど人数分には足りなくて、一枚を半分ずつに分けてみんなにあげたのだ。

「結局、俺以外の子どもは施設に入って学校に通うことが決まって、俺は家に帰され……手元には、あなたの忘れ物だけが残りました」

「そうね、今の今まで、捨てたつもりになっていたわ」

あの時私は、『鋼の乙女の英雄譚』を捨てたのじゃなく、忘れてきてしまったのだ。

それをヴィクターが拾って、ずっと読んでくれていた、とは。

「そのときから俺はずっと、あなたと結婚したかった」

「……早くない⁉」

「そうですか？」

「それに……私、結局何の役にも立っ……」

キスで口がふさがれる。

心臓がもたないから、あんまり不意打ちしないでほしい。

「……あなたとの出会いは、それこそ、俺にとって物語が始まったみたいでした」

「物語？」

「ええ。自分がもう絶体絶命だと思っていたときに、天使みたいな女の子が助けてくれて。なのに名前も聞けず、ただ、忘れていったのが一冊の物語。これは運命なのかな、って、浮かれても許されますよね？」

四年前のヴィクターは、十二歳。まぁ、子どもだから、そう一途に思ったのかも……。

黒歴史を運命と言われると、こちらは正直恥ずかしいのだけど。

「ねぇ。まだ、私に言っていないこと、話してくれる？」

「はい」


――そうしてヴィクターは語りだした。


彼が、いかにして私の素性を調べあげ、この学園に通っていることをつきとめたか。

そうして、私の様子をうかがうなかで、カサンドラとどのように再会して、彼女の協力を得たか。

目指していた官吏の将来を捨て、一か八か貴族になれる戦功をあげるために、魔法を多数習得して危険な土地に行ったこと……。

話を聞いていて私は思わず、

「あなた、捨て身すぎない？」

と、突っ込んでしまったほどだ。

そこまで話を聞いたところで、私は半分、もしヴィクターが私の婚約破棄を狙ってヒム王国を動かしていても許せるな、と思ってしまった。

（……いや、それでは、だめね）

ちゃんと事実を知らないと、何かあったときに私はヴィクターを守れない。

そう思い直して、確認することにした。

「エルドレッド商会は、ヒム王国とつながりはあるの？」

「あ、ああ――――その、はい。ほかの国とも、あります」

少し、ばつが悪そうな声になるヴィクターに、一瞬、心臓が冷える。

「……うちの親は、前から、各国をまたいで取引をしているなかで得た情報をベネディクト王家から聞かれることがありました。もちろん守秘義務の範囲外で、ですけど。各国の王族の婚活状況の情報も同様に、王妃様に伝えていたそうです。ヒム王国はその中でも、ベネディクトとの政略結婚を強く望んで、積極的に働きかけてきたので、印象に残ったんだと思います」

「あ、なるほど……」

それなら婚約破棄の一因になった、とは言えなくもない。

とはいえ、それでも婚約破棄はアトラス殿下や国王陛下が決めたことだし、ヴィクターが仕掛けたというにはほど遠い。

アトラス殿下がヴィクターにかけた疑いは、やっぱり的はずれだ。

確かにヴィクターは、いろんな画策をして、私との結婚にこぎつけた、といえる。

でもそれは、私との結婚それ自体を望んでくれてのものだ。私はそれを邪《よこしま》なものとは思わない。

今後王宮から何か余計なことを言ってきたときは、私がヴィクターを守らないと。

「わかったわ。問題ない。明日からのことを考えましょう。明日、授業が終わったら正式に国王陛下に結婚の許可をいただくわ。そのあと結婚発表してしまいましょう。カサンドラの持っている新聞社なら協力してくれるはずよ」

「……卒業を待たず、今すぐ結婚というわけには？」

「――――ええと……それはさすがに？」

「ダメですか？　結婚披露のパーティーは、ご親戚も呼んで盛大にするとしても、結婚の手続きだけでも、できるだけ早くできませんか」

ぎゅ、と、ヴィクターが私を抱き締める腕に力が入る。

「うーん……もしかしてそれは、今のままじゃ、私の身が危ないって言いたい？」

「正直、そうです。エオリア王女が証言してくださるとはいえ、アトラス王子にすぐ処分が下るのか、わからないですし。……俺としては、明日学園にテイレシア様が登校することすら、正直恐いんです」

ヴィクターの言いたいこともわかる。

今回のアトラス殿下の犯行は、私を結婚させないためだから、正式に私とヴィクターの結婚が成立してしまえば手を出せなくなる、ということだ。

それに、私が未婚でいるうちは、国王陛下が私の後見人だ。

たぶんアトラス殿下とまったく同じ考えを持つ方ではないけれど、それでもアトラス殿下の父親だもの。何かあったときに、殿下の肩を持つ可能性はある。

（でも、学園を卒業する前に結婚……結婚してからも卒業まで通わせてもらえるのかしら⁇）

ヴィクターの腕のなかで、首をひねっていたら、馬車は私の邸《やしき》についた。

「まぁいいわ。ヴィクター、食事をしながら話しましょう」

「大丈夫ですか、テイレシア様？」

「大変なときこそ食べないと、踏ん張れないからダメなんですって」

これは親戚のレイナート君の教えだ。

今日はいろいろあったし、精神的ダメージもかなりあった。

今はヴィクターがいてくれるから大丈夫でも、あとからくることもある。

だからこそ今日の私は、美味しいものを食べるべきだ。

レイナート君、誕生日プレゼントは届いたかな。今年も誕生日は戦場で迎えると言っていたけど、今日もまだ戦場なのかしら。

「ヴィクターのぶんも用意しているはずよ。食べていくわよね？」

「そうですね。せっかくですから、いただいていきます」

好青年な姿は彼自身、演じていたというけれど、腹が据わっているのは変わらないみたい。

笑顔になってくれると、ホッとする。

馬車を降りた私たちは邸《やしき》の中に入る。

と――父の生前から仕えてくれている執事が、息を切らして私たちを迎えた。

「どうしたの？」

「いえ、レグヌムのバシレウス家より、ついさきほど、早馬の使者が……」

そう言って私に、手紙を渡す。

「レイナート君から？　珍しいわね、何かしら？」

まさか、戦死なんてことは……と、ぞわりと背筋が冷える想像をしながら、受け取った手紙を開く。

良かった、間違いなく彼の筆跡。

でも書かれていることは――――。

「……うそでしょう」

信じられないその報《しら》せに、しばし、私は呆然《ぼうぜん》としてしまった。

「どうなさったんですか、テイレシア様」

「いえ、その」

なぜこんな大ニュースがこの国で一番最初に私のところにやってくるの？

もちろん、その理由はわかっていたし、ここで真っ先に私に知らせてくれたのはレイナート君の心遣いだとも思ったけれど、最新情報を一人握ってしまったプレッシャーは、大きい。

「……ヴィクター。さっきの話」

「テイレシア様？」

「……可及的速やかに、結婚の要件を満たして、結婚証明書を確保しましょう？」

ヴィクターには国王陛下より先にこの情報を教えることはできない。

でも、得た情報を使って、真っ先に自分のために立ち回ることぐらいは許されるはずだわ。

「手紙の中身は教えられない。でも、何があっても、私、あなたと結婚したいから、今決めたの。だから……」

ぎゅーっ、と、ヴィクターは、私を正面から抱きしめる。

顔が見えないけど、このハグは全身で嬉《うれ》しいときだわ。

なんだかもう、彼の感情が身体でわかるようになってしまった。

「でも順番……。求婚《プロポーズ》を先にさせてください？」

「あ、ごめん、ちょっと焦ってしまって」

執事と使用人のみんなは、気を利かせて？すすっ、と下がった。

家の玄関ホールで求婚されるなんてちょっとおもしろいわね。

まぁ、正式にはあのアトラス殿下の誕生日パーティーの夜にもう求婚してくれているのだけど。

ヴィクターは、すっとひざまずいて、私の手を取った。

「————結婚してください」

「喜んで‼」

ごくごくあっけないそのやりとりのあと、私たち二人は、抱き締めあいながら、思いっきり笑ってしまった。

◇　◇　◇

「結婚式というか、突貫工事！　だね」

私がヴィクターのプロポーズを受けた、翌々日――――。

「ご、ごめんなさい……。カサンドラも急で大変だったわよね⁉」

苦笑するカサンドラに、ウエディングドレスの私は手を合わせた。

長身ですらりとしたカサンドラは、大人っぽいドレスもよく似合う。

「急に決めてしまって、ごめんなさい。とにかく早く結婚を成立させてしまわないと、と思って」

「いや、正しいよ。結婚の成立要件をさっさと満たしてしまえば、誰かさんも妨害しようがなくなると思う。でも、親類を呼んでの披露パーティーはまた、ゆっくりやろうよ。テイレシアの結婚を祝いたい友達も多いでしょ？」

我が国の貴族の結婚の成立要件は、
1、国王陛下のお許し
2、家長同士の合意
3、神前での誓い
4、結婚証明書発行
5、立会人による確認
の五つ。

アトラス殿下に襲われた翌日、私は国王陛下に謁見のお時間をいただくと、その場で結婚のお許しをいただいた（一応陛下から謝罪のお言葉もあったけれど、エオリア王女に見られてしまったからかなとも思う）。

そして今日、私たちは結婚式をあげる。

披露パーティーはまた後日。

急すぎた結婚式には呼べなかった人たちは、そこで招待したい。

主にヴィクターの家の関係者が多くて、ちょっと、いえ、かなり盛大にやることになりそう。

「それにしても、綺麗《きれい》だね……。急ぎで用意したにしては、ドレスもよく似合ってるし、宝石もかなり良いものばかり。髪も素敵だし、美容師も、かなり腕の良い人がきてくれたんじゃない？」

「うん。……エルドレッド商会の財力がちょっと恐くなってきたわ」

「披露パーティーのときにはどうなるんだろうね」

クスクスと、カサンドラが笑っていると、こんこん、と、控え室のドアをノックする音が聞こえた。

「どうぞ？」

声に応じて入ってきたのは、クロノス卿《きょう》だ。

恐ろしく綺麗な顔をクールに整えて、私にこくりと会釈した。

今日は眼鏡を外し、髪型もよりフォーマルだ。美貌の破壊力は相変わらずすごい。

「ご挨拶にと思いまして……。本当に、お綺麗ですね」

「え⁉　あ、ありがとうございます？　そうだわ、クロノス卿も証言してくださってありがとうございます。おかげでヴィクターも罪に問われずに済んで、すぐ結婚許可もおりました」

「いえ、とんでもない。――――結婚のことは、明日の朝までどうにかアトラス殿下には隠しとおしておきたいところですね」

（え、明日の朝？　今日を乗りきれば全部終わるんじゃないかしら？）

と、疑問に思った私に、「それよりも」クロノス卿は深々と頭を下げた。

「私の浅慮でエルドレッド君にあらぬ疑いをかけてしまったのは、本当に申し訳ないことでした。彼にはすでに謝罪いたしましたが……あらためて、心より、お詫《わ》び申し上げます」

「あ、いえ、それは」

確かに、いろいろと怪しく見えることをしてきたのは彼でした。

もちろん悪いことはしていないけれど。

ちょっと迷って、私はクロノス卿に、にこりと微笑む。

「大丈夫です。ちょっとぐらいデマが流れたって、私はヴィクターのことを、信じていますから」

「……幸せですか？」

「はい、とっても――――」

「そうですか。あなたが幸せなら、良かった」

そんな会話をしていたら、もう移動する時間になってしまった。

ドレスの裾を直しながら、私は転ばないようにそろそろと慎重に、椅子から立ち上がった。

◇◇◇

「病める時も健やかなる時も、富める時も貧しき時も、ここにいるヴィクター・エルドレッドを夫として愛し、敬い、慈しむことを誓いますか？」

「…………あ、はい！　誓います！」

しまった。

神様に誓いをたてる場で一瞬、完全に隣の新郎に見とれてしまっていたわ……。

神様、ヴィクターをこの世に産み出されるとき、造形にこだわりすぎたのではないですか？

かなりの長身で体格もいいのに礼服がこの上なく似合うって何ですか？　神像さえしのぐほど輝いて見えるんですが？

私がウエディングドレスに鼻血を噴いてしまったら責任取ってくださるんですか⁇

そんな罰当たりなことを考えていたら、表情になにか出てしまったのか、ふふっとヴィクターがごく軽く笑った。

列席している彼の友人たちは、ヴィクターが何かやらかさないかと保護者みたいにハラハラした顔で見ているけど、ごめんなさいね。完璧にそつなくこなしてる、こっちが彼の素なのよ。どちらかというと私のほうが何かやらかしそうな気がするわ。

不謹慎なことを考えていたら、だんだん私の緊張もとけて、式は粛々《しゅくしゅく》と進んでいく。

あとは……最後の難関が待っている。


「――――では、誓いのくちづけを」


言われ、私は、ただ目をつぶる。

みんなに見られてしまう……というのは断固考えないことにした。

あとはまかせました、旦那さま。

ヴィクターの大きな手が私の顔に触れた感触がした。

少し顎を持ち上げるようにされ、なめらかな唇が、ぴったりと重ねられた。

（うわぁぁぁぁ……）

はじめてじゃない、けれど、まだ慣れない。

今さらだけど、結婚式って、なぜみんなが見ている前でキスをするのだろう……恥ずかしい……。

でもこれが必要なんだから、がんばれ私……。

……というか、ヴィクターさーん？

ちょっと今日のキス、長くないですか⁇

私が何度か心のなかで抗議をしていると、やっと、ヴィクターが唇を離してくれた。

羞恥心で全身が熱い。

「では、ここに、お二人の結婚証明書を作成いたしました」

司祭さまがにこやかに書面を見せながら言う。

そう、これを受け取ったら結婚成立だわ。

私がそれに手を伸ばそうとしたとき、司祭さまはパタリと、分厚いバインダーのようなもので証明書を挟んでしまった。

「それでは、こちらは明日の朝のお渡しに」

明日の朝？

どういうこと？

「本当に、ありがとうございました」

ヴィクターは最高の笑みで、深々と司祭さまに頭を下げる。

これで結婚式自体は終わりよね？

明日の朝って、どういうこと？

◇　◇　◇

「おつかれさまー!!　テイレシア!!　式はまず終わったね！」

「え、ええ……」

駆け寄ってきたカサンドラに、私は応じる。

「結婚証明書は明日の朝か。えーと、とりあえずがんばって？　なのかな？」

待って。

これで結婚成立、ではなかったの？　立会人は式に列席していたわよ？

「……ねぇ、カサンドラ。今あなた、何をがんばれって言ってる？」

「え、だって――結婚の要件の最後のひとつ、つつがなく初夜を終えたことを立会人が確認して、結婚が成立するじゃないか」

「…………え？」

「過去、ちゃんと初夜を終えられていなかったからって理由で婚姻無効にされたケースもあるから、大切だよー？　がんばっておいで」

私は一瞬凍りついてから、

（なんですってえええええっ！！！）

と、脳内で思い切り叫んでしまったのだった。

◇　◇　◇

「────────え、じゃあ式が終わるまで、ぜんっぜん意識してなかったんですか？　ひとかけらも⁉」

ベッドの上で大笑いするヴィクターを「笑わないでよっ！」と私はにらむ。

確かに、亡くなったお母様から、結婚には必ず初夜が……という話を聞いたこともあった気もする。でも、すっかり頭から飛んでしまっていたのだ。

まだ日が高い時間。私たちはそれぞれ婚礼衣装のままで、ヴィクターの邸《やしき》のベッドルームにいた。

天蓋《てんがい》つきの、私の家のベッドよりも一回り以上大きなベッドにふたり、座っているのだ。

……それにしても、純白のウエディングドレスで殿方の部屋のベッドの上にいると、背徳感がものすごい。

「で、これからで大丈夫ですか？　夜まで待っても良かったんですよ？」

「よ……夜まで、その……無理」

夜まで心臓がもたない、と言いたかったのだけど、

（あれ、なんだかこの言い方だと私、すごく初夜が待ちきれなかったみたいじゃない⁉）

と、ひとり混乱する。

式のなかで緊張はとけたはずなのに、ああもう、また緊張で口から心臓が出そう。

「……で、でも、このドレスを汚してしまうとダメよね。どうしましょう、私、先に、着替えて」

おたおたしながらベッドの上から降りようとした私は、後ろからギュッ、とヴィクターに捕まえられた。

耳元で、一言。

「着替えないでください」

低音の振動が、耳の奥にゾワッと響く。

「俺の花嫁と、実感しながら愛したいんです」

「…………」

こういう素を見せられると、ドキドキして抵抗できなくなる。

だんだん私もヴィクターに毒されてきたのかもしれない。

「……仰せのままに、旦那さま」

――明日の朝、誰か着替えを用意してくれたりするかしら？

頭の隅でふわっとそんなことを思って、私はヴィクターのキスを受け入れた。

＊＊＊

――なんだ、ヴィクター？　ああ、この肖像画の方か？　お綺麗な方だろう。

まぁ、王族の公爵令嬢様だから、うちとのお取引も今後あるかもしれないが、変な期待は持ったらいかんぞ。我々平民には、絶対に手が届かない姫君だ。

――公爵令嬢様に結婚をやめさせる手はないかって？　何を馬鹿なことを言っているの？　王子様との結婚なんて、どの女の子も喜ぶに決まってるじゃない！　王子と、悪ガキのあんたじゃ、雲泥《うんでい》の差よ。諦めなさい。


……あまり寝覚めのよくない夢を見て、目を開いた。

目に入ったのは、エルドレッド家の邸《やしき》の自分の部屋の、毎朝最初に見るいつもの天蓋。

本当はこれまでのすべてが夢で、なにも変わらない一日がまた始まってしまうんじゃないかという気がして、背筋が冷たくなる。

「ん……」

鼻にかかる声で甘く鳴くのが耳に入り、俺はおそるおそる、目を、右側に送った。

夢じゃない。

彼女が、そばで眠っている。

一晩中愛した、俺の花嫁が。

「テイレシア様……」

声をかけるも、身じろぎもしない。身体をすっと起こして、俺は彼女の顔をもっとよく覗《のぞ》き込む。

なめらかな肩がのぞく。

すぅすぅとたてる寝息がいとおしい。よく眠っており、目を覚ます気配はまったくない。

昨夜化粧はぬぐいおとしたけれど、透明感のある素顔は、ずっと見ていたい。

ベッドの上に散るダークブロンドの髪を一束拾って、くちづけた。

テイレシア様が最後まで気にしていたドレスは、型崩れしないように椅子にかけてある。

こん、こん、と遠慮がちにノックの音がした。

俺は起き上がり、素肌の上にガウンを羽織ってベッドからおりた。

鍵と扉をあけると、使用人とともに、立会人が立っていた。

「昨夜は、つつがなく？」と事務的に確認する。

ただうなずくと、立会人は書類にさらさらとサインをした。

これでもう、誰にもテイレシア様を奪われない。


――――四年前。

大人たちに半ば殺されかけたところを、少し年上の、名も知らない可憐《かれん》な少女に助けられた。射抜かれた心、初めての高揚を子どもの俺は言葉にできず。彼女とその友人はすぐに姿を消し、悪ガキの俺の手に残ったのは、『鋼の乙女の英雄譚』のタイトルが刻まれた、一冊の本だった。

親に死ぬほど叱られて、しばらく家から出してもらえなくなった俺はその間、『鋼の乙女の英雄譚』を読んでいた。

単純に娯楽に飢えていたからだけど、読みながら、あのとき必死に俺たちを助けてくれた勇気のある女の子の姿を、何度も思い返していた。忘れようとしたって忘れられない。どうしたらまた会えるかと、数えきれないほど考えた。

自分も冒険がしたい。あの娘《こ》も大人になったら、この物語の姫君みたいに英雄になって活躍するのかもしれない。魔法を使えるようになって冒険の旅に出掛けたら、あの娘《こ》にまた会えるんじゃないか？

そんな妄想をしていたところに、

『いや、女騎士なんて実在しないからな？』

と五歳上の兄貴に無粋な一言をぶつけられ、大喧嘩《おおげんか》になった。

『現実の貴族の姫君は、こんなふうに逃げだせっこないの。粛々と政略結婚するしかないから』

『――――こんな高価そうな本を持ってるような良家の娘で、しかもどうやら権力のある家っぽかったんだろ？　冒険なんか実際にはできるわけがないから、こういう物語を楽しんでたんじゃねぇの？』

自分なりに兄と一生懸命戦ったのだが、年齢差もあって、結局言い負かされて終わった。

彼女と偶然〝再会〟したのは、それからかなり経《た》って、新聞にとある訃報《ふほう》が載ったときだった。

王の従兄弟にあたる公爵とその夫人が馬車の事故で亡くなり、ひとり、令嬢が遺された、という新聞記事。

その挿し絵に描かれていた少女が、彼女に似ていた。

確認しなければ。強い焦燥に駆られた。

王族の肖像画を見られる場所はないかと何度も親に聞くと、

『王宮の一角に肖像画がある場所があるから……』という。

一度だけ、仕事のついでに自分を連れていってくれた。

王宮にかかっていた肖像画の一枚は、まさしく彼女だった。


「そこから、学園を見つけ出して、待ち伏せして、カサンドラ様に会って……本当に、いろんなことがあったなぁ」


遠くから彼女の姿を見つけた時は、胸が震えた。嬉しくて嬉しくて、そのまま息が止まってしまうんじゃないかと思った。

だけど、気づいた。あの時とは違う、暗い瞳だと。

（両親を亡くしたから？）

（それとも時々見かける、一緒にいる男のせい？）

何が彼女を悲しませているのか気になった。

身分違いの俺じゃ結婚できないというなら、せめてその悲しみを取り除いてあげたかった。

だけど顔も覚えられていない自分に何ができるのか……？

カサンドラ様と再会した日、悲しみの理由を知り、そして俺の進む道も定まった。

（人生全部使ったっていい。俺の手で彼女を幸せにするんだ）

ゼルハン島に入った日。この島の人々の命運を自分が左右するかもしれないということに震えた。それでも、たったひとりの好きな女の子と結婚するため、迷うことはなかった。

各分野の専門家を呼んで、敵襲によって実際に起こりうるだろうことを何度もシミュレーションした。

必要なだけの船をそろえ、その上で安全のためと言って商会の従業員たちを訓練した。

運命の日の脱出――しんがりの船で安全圏まで抜けきったとき、知らず、目に涙がにじんでいた。

学園に編入した最初の日。教室の窓から校庭にいるテイレシア様の姿を見た時に、やっと彼女と同じ場所に立てたという感動がこみ上げた。

それからは毎日毎日、婚約がどういうかたちで解消されるのかと、あらゆる可能性を考える日々だった。

同じ学園の中と言っても〈淑女部〉と〈紳士部〉は空間が厳格に分けられている。

特に王太子の婚約者であるテイレシア様には、目立たないように多くの警護兼監視人が付けられていて、男が少しでも近づくと警戒され追い払われてきたのだ。

あの手この手を何十回何百回繰り返しても、俺は編入から二月まで、テイレシア様と話す機会も得られなかった。

ただ、遠くからテイレシア様を見ていた。

馬車を下りる横顔を。

校庭を歩く背中を。

行事で生徒会長として司会するその凛《りん》とした美しさを。

カサンドラ様や友人といるときに垣間見せる、笑顔を。

友人たち全員が全員『気持ち悪いから気づかれるなよ、絶対?』と言ってくるぐらい、ずっと見ていた。

それと同じぐらい、アトラス王子の動向も注視していた。

ヒム王国の王女との婚約を考えているらしいというのも動向を観察するなかで予測した。

だけど、王子の婚約解消がなければ、こちらはテイレシア様に求婚することはできない。

いつその時が来ても、大丈夫なように、ずっと俺は覚悟を決めていた。

そして、やっとその時が来た。

「美しく賢明なる我が婚約者、テイレシア。

君もわかっているのだろう？

私たちの婚約が、間違ったものであることを」

学園の生徒が招待された、王子の誕生日パーティーの夜、それは始まった。

カサンドラ様とクロノス生徒会長の姿はなく、おそらく王子にとって都合の悪い相手は事前に締め出していたのだろう。

いよいよきたか、と、心臓が早鐘のように打ち始めた。

「政治的都合だけで、ひとかけらの愛情もなく結ばれた婚約が、神の御意思にかなうものではないのは明白。そして今、私は真実の愛に出会ってしまった」

――――愛情のない婚約の良し悪しに関してだけは同意する。

たとえ俺が相手でなかったとしても、彼女が選んだ人なら、まだいい。

そうですらなく、政治的都合だけでひとかけらの愛情もない結婚が彼女にこのまま押し付けられていたら……と思うと、寒気がする。

だけど……。

蒼白《そうはく》な顔でその言葉を受け止めるテイレシア様がいたましくて、胸が痛い。

（……王子あんた、テイレシア様に事前に伝えていないのか？）

グッ、と、自分の服をつかみ、心臓をおさえた。

一世一代の賭け。

どうか、落ち着いて、闘えるように。

もしも本心からそうだと思っていても、意識的に嘘《うそ》をついていても。自分の愛こそは〝真実の愛〟だと、堂々とかけらも疑いなく信じぬいて、あるいはぬけぬけと厚顔無恥に言ってのけられる人間は、きっと手強《てごわ》いからだ。

「エオリア王女、どうぞ、こちらに」

アトラス王子が、後ろにいた華奢な少女の手を取る。

ヒム王国の王女、エオリア。

物語の挿し絵に出てくる美しいお姫様そのままのような外見に反して、彼女の存在は、この場の空気を誰よりも支配している。

この俺の賭けの、最大のキーパーソンだ。

「テイレシア。どうか、理解してほしい、この真実の愛を。君との婚約を解消させてくれないだろうか」

「――――婚約破棄を、受け入れますわ」

国王が正式に認めていないとしても、ここで少なくともアトラス王子とテイレシア様の婚約破棄の意思が、この場の人間たちに認知された。

深く息を吸って、吐く。

編入以来一度も話したことがない、おそらく存在も認知されていないだろう俺が、最初の一言でテイレシア様の心をつかむなんてことはできないだろう。

ただ、危害を加える存在ではないと思ってもらうことが先決だ。

そして、たったひとりの平民である俺が、貴族を差し置いてでしゃばり、求婚することに、〝反感〟を持たれないこと。

それから……考えたくはないが、平民の俺がテイレシア様に求婚することで、

〝婚約破棄によってテイレシア・バシレウス・クラウンの価値は下がった〟

と周囲に感じさせてしまうことは、絶対にしたくない。

――――考えに考えた第一声は。

「はい!!

ハイ、はい！！！

じゃあ、オレ、平民ですけど新しい婚約者に立候補します!!」

〝貴族社会のこともよくわかっていないバカな平民が、感情のままバカ正直に突っ走った〟

そういう体《てい》だった。

動揺した瞳で俺を見るテイレシア様。

少し嬉しかったのは、驚きのあまり気がまぎれたのか、その瞳から陰が消えていたことだった。

あれから初めて、彼女の瞳に俺が映っている。彼女が俺だけを、見ている。

「……どちらさま、ですか?」

そう言われた時、俺の胸にあったのは落胆じゃなく、喜びだった。

ずっとずっと立ちたかったスタートラインに、ようやく俺は立てたんだ。


「……おはよう」

自分の悪戦苦闘と、彼女の反応を思い返しながらテイレシア様の髪を撫でていると、目を覚ましたらしい彼女がまだ半分寝ぼけた様子で言う。

「おはようございます」

羽布団のなかで抱きしめると、自分が今どういう姿だったか思い出したらしい彼女はあわてたけれど、残念ですが遅いです。

すべすべで柔らかくて、ずっと抱きしめていたくなる。

「………」

テイレシア様は恥ずかしがって、断固顔を見せないぞとでも言いたげに、俺の胸に顔を埋めている。

昨日のあれやこれやのあとでは今さらでもあるけれど、恥ずかしがる彼女がかわいいので、これはこれでいい。

そう思いつつ、抱きしめながら、指で彼女の長い髪をとかした。

……まるで猪《いのしし》のように突っ走って勝ち取った恋だが、自分の愛が〝真実の愛〟かと聞かれたら、正直、自信はない。

相手のことをほとんどなにも知らないのに一目惚《ひとめぼ》れしたし、再会までの間はある意味『鋼の乙女の英雄譚』に恋していたようなものだ。さらに性格《キャラ》を偽って求婚したうえ、かなり強引な手段の連続で身分差を埋めてねじこんだ。

もし俺が死んだときに、天使か誰かから、

『そんなものは〝真実の愛〟なものか！』

と一喝されたら、そうですねと素直にうなずいてしまうかもしれない。

ただひとつ、これは間違いないと言えることがあるとしたら、全身全霊すべてかけてすべて費《つい》やしてようやく届いた、本気の恋だったということだけだ。

死がふたりをわかつまで。

この女性《ひと》を、絶対に離さない。


「────午後から、つつがなく結婚式が終了したことを国王陛下に報告してきます」

「え、私も行くわ」

「テイレシア様はできれば今日は家でゆっくりしてらしてください。一晩、無理もさせましたし」

「む、む……無理って!!」

身体を起こそうとしては、力が入らなくて俺の腕から逃げられない、そんな彼女の悪戦苦闘を楽しんだ。

────三日前、テイレシア様のもとに届いた手紙のことが頭をよぎる。

何の手紙が届いたのか、そのときはわからなかった。

だが、翌日の夜には、国境付近で情報収集を頼んでいた人間からの報せが俺のもとにもきていた。

そろそろ伏せておくには限界の情報だ。

おそらく今日には、国王にも伝わるだろう。あるいは使者がもうやってきているだろうか?

「愛しています、テイレシア様」

手で柔らかいほほに触れると、条件反射のように彼女は顔をあげる。

もう少し、くっとあごを上向けて、逃がさないように、深く深くくちづけた。

■第6章　王子は死ぬほど後悔する

「────テイレシアに結婚の許可を出したですって⁉」

父である国王陛下からその旨を知らされた俺は、ただ呆然《ぼうぜん》とした。

「アトラス。そなたがしたことを不問にするかわりに、今すぐ結婚したいと申してきたのだ。まだエルドレッドの次男は爵位を得ておらんので貴族と平民の結婚となるが、特例でも、さすがに認めざるを得ぬ」

「し、しかし……」

「エオリア王女に見られたそうだな、大馬鹿者が。王女から『婚約については考え直したい』と伝えてきたのだぞ？　引き留めるのに、どれだけ骨を折ったか‼」

「そ、それは……誤解なのです！　私はテイレシアに何もしておりません、すべてはあの、ヴィクター・エルドレッドが」

「フォルクス家の令嬢のみならず、クロノスまでが嘘《うそ》の証言をしているというのか？」

（…………！！！）

父のなかで俺の評価が地に落ちてしまった。

学園の外でテイレシアをさらうべきだったか。

しかし、隙を突くには、やはりあの手しかなかったのだ。

「しばらくは、休学の上、謹慎せよ。ヒム王国との交渉は引き続きこちらで行う」

「あ、あの、エオリア王女からはなんと……」

「言ったであろう、婚約は考え直したいとのことであった。そこから引き留めるべく、根《こん》をつめて話した。しかし、ならば母国の判断をあおぎたいという。

……おそらくは、温情をかけて猶予《ゆうよ》を与えているように見せて、婚約交渉をヒムに有利に進めようとしているのであろうな。かなり強《したた》かな姫君だ」

強か……？

あんなにもたおやかで折れそうな、妖精のような少女が？

ぐらんぐらんと頭のなかが混乱する。

俺はいったい、何を間違えてこんなことになってしまったのだ。

いったい……。

「────陛下!!　急ぎの使者が！！！」

俺が考えているというのに、衛兵がやかましい声で焦りながら謁見の間に駆け込んできた。

「やかましいぞ、無礼者!!　下賤《げせん》の者から、王に話しかけるな!!」

俺は反射的に衛兵を一喝する。

すると、陛下が目を剝いた。

「何を申すか‼　一見して緊急事態とわかるであろうに、そのようなことを申す馬鹿者がどこにおるか‼」

「！？！？」

「使者はどこからだ」

「は、はい‼　レグヌムからです。百騎を超える騎兵を引き連れており……おそらく名高い剣闘騎兵隊かと！」

レグヌム、といえば、テイレシアの祖母の実家のある国だ。

そこからの使者……いったい、何なんだ？


「――――レグヌム国王、崩御《ほうぎょ》だと……⁉
バ、バカな⁉　そのようなことが……」

謁見の間に通されたのは、長身の軍装の男だった。

今どき冒険小説の中ぐらいでしか見ない革鎧《かわよろい》を着たひげ面の偉丈夫は、大陸の東方ではその名を恐れられる将軍なのらしい。

手紙を国王陛下に渡した彼は、淡々とレグヌムで起きた事件を伝えた。

「間違いではございません。国王陛下含む複数の王族が事故で亡くなられ、北の戦線に出ていたために王位継承権保持者のなかで唯一存命であった我らが主《あるじ》、レイナート・バシレウスが、間もなくレグヌム国王として即位いたします」

「嘘だろ……」俺の口から本音がこぼれた。

テイレシアの親戚であるレイナート・バシレウスといえば、俺たちと同じ年頃の若輩、国のなかでも影響力が低く、日陰者扱いだったと聞いている。

それが、他に王位継承権保持者がいない、などという理由で、国王になるだと……？

「つきましては国王陛下。戴冠後、我が主が改めてお伺いしたいことがあると」

「な、何をだ⁉」

「我が主の親族でいらっしゃる貴国のテイレシア・バシレウス・クラウン公爵令嬢と、アトラス王太子殿下の婚約破棄の理由についてです。以前のお手紙にもお答えいただいていない。改めて、どうして婚約を破棄されるに至ったのかの納得のいくご説明をいただきたく」

「！！！」

国王陛下は、わなわなと震えた。

「テイレシア様におかれましてはすでに新しい婚約者のある身。我らが主はその婚約を祝福しております。ですが、それはそれで、貴国から誠意あるご説明が必要であると主は申しております。聡《そう》明《めい》なる国王陛下はこれ以上申し上げずともおわかりと存じますが」

「……ご説明ができておらなんだこと、深くお詫《わ》び申し上げたく」

「近いうちにお話が伺えると主に伝えさせていただきましょう。それでは失礼いたします」

と退出していく使者。

その後ろ姿が見えなくなるや否や、

「この、大馬鹿息子！！！！」

と、陛下は俺を怒鳴りつけた。

「そなたの……そなたの婚約破棄のせいで、レグヌムを敵に回したではないか！！！！」

「し、しかし。父上……国王陛下も、レグヌムよりもヒム王国との関係を強化したいとおっしゃったのでは……」

「いち王族を敵に回すことまでは想定しておっても、一国の王を敵に回すことなど想定しておらん!!　元々、レグヌム王家とは、距離はあってもそれなりに良き関係ではあったのだ。それが……かの日陰者めが国王の座についたという一事をもって、テイレシアの価値は恐ろしく跳ねあがってしまった。同時に、そなたの婚約解消の重みもな。この情報を、もうほんの少しでも早くつかんでおれば……！！！！」

そのとき、息を切らして謁見の間にやってきたのは、母である王妃だった。

「こ……婚約解消を撤回いたしましょう!!　テイレシアとの……」

「母上⁉　それでは、エオリア王女との結婚が……」

「そうだ、下手をしたらレグヌムとヒム、両方を敵に回してしまう」

「ですが、ヒム王国は、レグヌムを敵に回してもこちらの味方をしてくれるとは思えません……！！！」

　親子三人で混沌《カオス》きわまりない会話をしていた俺たちは、その場に、さらなる人物が入り込んできたことに、すぐには気づかなかった。

「お取り込み中に、申し訳ないのですが、お声をおかけしてよろしいですか？」

「「「⁉」」」

　三人そろって振り向いた。

　そこにいたのは、今日も妖精のように美しいエオリア王女と、その付き人たちだった。

「我が国ヒムの王より指示がございました。婚約のお話を即刻停止し、すぐにヒムへ帰国せよと」

「！！！？？？」

「わたくしたちが一番敵に回したくなかった方を敵に回してしまった、その対処をしなければならなくなりました」

　普段の、可憐《かれん》で庇護《ひご》欲《よく》をかきたてる笑顔ではなく、しっかりとした面持ちで腹に力をいれたようにしゃべる。

　まるで別人のようだ――――とか、言ってる場合じゃない。

「エオリア王女‼　い、いったい‼　どういう、ことなのですか⁉」

「この政略結婚のお話は、ヒム王室は大変乗り気だったのですが……当初よりひとつだけ、危惧がございました。アトラス殿下の婚約者、テイレシア・バシレウス・クラウン様の、ご親戚の怒りを買わないかということです」

ため息とともに解禁するように、エオリア王女は、初耳な話を並べ始める。

……いや。

そもそも、エオリア王女は今回の話が当初から俺と彼女の政略結婚として進められてきたことを知っていたのか？

知っていながら、俺と国に騙《だま》されている演技を、俺に恋をしている演技をしてみせていたのか⁇

「テイレシア様のご親戚であるレイナート・バシレウス様はレグヌム王族のなかでも最大の領地と財力を持ち、さらに最強の軍を備えた戦争の天才です。

また、南の大帝国とも強いつながりを持っていらっしゃいます。

若さと出生とを理由に、しばらくは不遇の地位を強いられていても、あと十年もすれば、レグヌムのなかでも最重要人物になるであろうと、我が国の重臣たちは予測しておりました」

「そ、そんな話は聞いていていない‼」

国王陛下が叫ぶが、

「きちんと調べていれば、簡単にわかる情報ばかりでしたわ」

とエオリア王女はさらりとキツいことを言った。

「しかし、此度《こたび》亡くなったレグヌム国王は……『日陰者ゆえバシレウス家への気遣いなどいらない』、と……」

「国王というのは、必ず代替わりするものですわ。今回、急死されたのは驚きでしたが……」

エオリア王女の言葉が、さっきからグサグサとささる。

「アトラス殿下から『テイレシアはレグヌムの親戚の話はほとんどしない。会ったこともほとんどなく、親戚といっても他人と変わらないほど疎遠だろう』……と、伺ったので、ならばと、我が国でも今回のお話に踏み切ったのですわ」

そんなことを言った記憶……あった気もする。

そのときは、それが大切なことだとは全く思わなかったのだ。

「……パーティーでの婚約解消発表と聞いた際、不安がありましたわ。テイレシア様のお心をいたずらに踏みにじってしまい、面子《メンツ》もつぶしてしまうのではないかと。わたくし、なんとしてもそのときにお止めして、テイレシア様に適切なかたちで婚約解消のお話をしてほしいと申し上げるべきでございました」

あのかたちでの発表は、俺のなかで二つの理由があった。

ひとつは、新聞に報じさせて愚民どもに『エオリア王女との運命の恋』を支持させるため。

……もうひとつは、他の貴族たちがテイレシアに言い寄ってこないように、彼女の価値を落とす必要があったから。

しかし婚約解消の結果、レグヌムのレイナート・バシレウスから即、強い抗議の書簡が父のもとに届いていたのは聞いている。

「まもなく、テイレシア様の婚約解消について、バシレウス様が激怒されている、と……ヒムの諜《ちょう》報《ほう》機関がつかみました。しまった、と思いましたわ。ですから、正式にアトラス殿下と婚約を結ぶ前に、どうにか関係を改善できないかと、この二ヵ月、接触をはかっていたのです……」

「それで……正式な婚約を遅らせていたと⁉」

「ですが、ヒムの方にもすでに、同じ書簡が届いたそうですわ。今からでは、遅いと思われますわね……。わたくしは国に早急に戻り、今回の件の収拾に当たります。もしレグヌムとの関係がこじれてしまえば、わたくしが責任を取らなければ。殿下に贈っていただいた宝飾品は、すでに王城に運んできましたので、お返しいたしますわ」

そう言いきって、深く深く、エオリア王女はため息をついた。

「国益のためには、これ以上ない結婚と思っておりましたけれど、このような結果になり、大変残念ですわ」

本当だ。俺だって、国益を考えて選んだことなのに。

「政治的都合だけで、ひとかけらの愛情もなく結ばれた婚約は、神の御意思にかなうものではない。あの夜、アトラス殿下がおっしゃった、そのとおりだったのでしょうね」

「エオリア王女……私を愛していなかったと⁉」

微笑みを浮かべたエオリア王女。

涙がぽろりとその頬にこぼれた。

「――――失礼いたしますわ」

エオリア王女が、謁見の間を出ていく。

父の表情がどんどん険しくなり、はぁぁあっ、と乱暴に息をはいた。

「――――責任を、取る者が必要。そのとおりだ」

「へ、……陛下⁉」

「アトラス。そなたは今この時をもって王太子の地位と王位継承権を剝奪する」

「なっ……」

……俺は言葉を失った。

「陛下、まさかそんな‼」

「何がまさかだ！　まだ本格的に公務にもあたっておらぬ若輩者が、ただ結婚をするだけのことで他国との関係にひずみを生むなど！」

「わ、私は……！」

俺は、その結婚を利用して最大の国益を生もうと画策したんじゃないか！

王太子として、将来の王として！

「――――思えば、そなたはずっと、テイレシアに対して何をしても良いとでも言いたげな態度であったな。その慢心が、何よりも細心の注意と誠意を尽くすべき婚約の解消という事案においても、最悪のかたちで出てしまった。そんな者に、国王など務まるわけがなかろう！！！」

「……………そんな！！！！」

テイレシアをそんな扱いしてきたのは、あんたたちだって、同じだろうが……！

母の方を見る。目を見開き蒼白《そうはく》な顔で、父を見つめていた。

次の瞬間、堰《せき》を切ったように泣き出した。

いや、泣き出すのは早いのではないですか⁉

もう少し、息子の王位継承権について闘ってください⁉

「王妃もまた謹慎処分とし……今後二度と政務には携われぬようにする。レグヌム新国王即位ののちに、すぐに謝罪を……。こじれ具合によっては、私もまた責任を取っての退位となるやもしれぬ。あるいは何年後の退位と定めるか……」

――――王位継承権剝奪、母が政治から離れ、父が退位する？

誰か、これは悪い夢だと言ってくれ‼

「――――クロノス・ウェーバーを呼べ‼

今この瞬間から、クロノスが王太子、次期国王だ‼

早急に王太子教育を開始する‼」

父の絶望的な宣告に俺は、自分の未来が完全に閉ざされてしまったことを知った。


（いったい、俺の何が間違っていた？）

婚約解消したことか？

しかし、テイレシアよりも有益な相手との結婚を……というのは、俺だけじゃなく、王宮の多くの人間たちが賛同していたことじゃないか。

なぜ俺ばかりが責任を負わされる？

婚約解消のしかたが悪かった？

どうしたら良かった？

エオリア王女との政略結婚の話があがった時点で、テイレシアとの婚約を白紙化し……新聞にどう書かれようが関係なく、普通に政略結婚してみせたら良かったのか？

それとも？

ああ、頭が混乱する。

ふらふらしながら、俺は王宮の廊下を歩いていた。

「────────あ」

廊下の遥《はる》か先、歩いてくる男の姿が目に入った。

長身のオレンジの髪の、男。

ヴィクター・エルドレッドだ。

それに気づいた瞬間、俺はヴィクターに向かって走り出した。


「ヴィクター・エルドレッド！！！

たのむ！！！

国家の危機だ、危機なんだ!!

俺にテイレシアを、テイレシアを返してくれぇぇぇぇぇ！！！」

＊＊＊

「────今日は王宮が騒がしいね。何かあったのかな」

「さぁ……それにしても、君は人の部屋で何杯紅茶を飲むんですか？」

「いいじゃない。少しでもアトラス殿下に一矢報いたと思ったら、紅茶が美味しくてさ」

テイレシアの結婚式の翌日。

私、カサンドラは、付き合いの長い友人であるクロノスとともにお茶を飲んでいた。

場所は王宮の中にある、クロノスの部屋だ。

紅茶はクロノスのそばにいる従者、ではなく、紅茶にこだわりの強いクロノスが手ずから淹《い》れてくれる。本当に美味しい。

「カシィは子どもの頃から、アトラス殿下と闘っていましたからね。フォルクス家の令嬢が何かやったらしい……と噂《うわさ》を聞くたびに、うちの兄弟はみんな心配してひやひやしていましたよ」

「いつかアトラス殿下のこと、けちょんけちょんにしてやりたくてさ。でも返り討ちにあったら、テイレシアが泣いちゃって……私が傷つくのが嫌だったみたいで。もう、アトラス殿下に何も言わないで、って言うの。昔から優しかったなぁ、あの子は」

「……ほんとうに、優しい人ですね、彼女は。ずっと近くにいられた君がうらやましい」

バターの利いたクッキーをかじると、ほろほろと崩れて懐かしい味がする。

昔むかし、お招きされたお茶会でも出されたこのクッキーが、テイレシアも私も、すごく好きだった。国王陛下の公妾《こうしょう》を一時期務めていた、クロノスのお母様がご自身で焼いたもの。

あの頃は何も考えず、子ども同士みんな仲良く遊べて、楽しかった。

「……だから、エルドレッド君のような男と出会えて良かったと思います。愛されて大切にされるというだけでなく、彼女自身が愛している人と結婚できたのなら」

「祝福する？」

「もちろん」

ごめんね、と、心中で私は小さくつぶやいた。

テイレシアがヴィクターを心底愛しているのを知り、幼い頃からの自分の恋心は墓場まで持っていくと決めたクロノスだったけど、まだ、テイレシアのことをふっきれてはいないようだ。それでもヴィクターのことを、彼女にふさわしい男だと認めている。

「それにしても……アトラス殿下はなんでああなっちゃったんだろうな」

ふと、私は疑問を口にした。

この国で最高の待遇と最高の教育を受けてきたはずの王子は、外面《そとづら》だけが良くて、中身は最悪な男へと成長した。いったいなぜそうなったのか？

「テイレシアに酷いことをしてきたし、クロノスに対しても酷い。婚約についても、もっと丁寧に話し合って解決するってことが、どうしてできなかったんだろ。単なるバカなの？　それとも、とことん自分以外の人間を見下してるの？」

「――――彼を擁護するつもりはまったくありませんが……物心ついたときから、王宮に少しずつ大切なものを奪われて、王宮の悪いところに染まっていったのだとは思いますよ」

ため息をついたクロノスが、紅茶をひとくち飲む。

「王家は『公《こう》』と『私《し》』を一体化させ、王家の人間の生活すべてを『公』のように扱いがちです。しかしそれって、結局『公』と『私』の線引きが曖昧になりやすいと思いませんか」

「うんうん」

王の血を引きながら、王家を外から見てきたクロノス。

その目に王家がどのように映っているのか、私にも興味があった。

「どんなに清廉潔白な人間でも、自分を維持していくのに必要な『私』が削られると、無意識に『自分は不当に損をしている』という感情がつもっていきます。たとえ、自らで決めたことであっても。人間というのは、多かれ少なかれそういう風にできているでしょう」

「確かにね」

まぁたいていの場合、個人の弱さとして片付けられてしまうけど。

「一方、『公』と『私』の境目が曖昧になると、『公』を『私』のために少しぐらい使っても許されるだろうと、頭のなかでもう一人の自分が誘惑します。自分は『公』にこんなに尽くしているのだから、と……。

――気がつけば、『私』の欲と『公』の利益の区別がつかなくなり、すべて叶《かな》えられなければならないと思い込んでしまう。そうして、際限なく、私利私欲に溺れてしまう。

歴史上、晩年に『愚王』と呼ばれた王に特に顕著な傾向ですが、今の王家の方も、その病《やまい》におかされているように、お見受けします」

私は以前、父のフォルクス侯爵が言っていた話を思い出した。

とある官吏がいた。その官吏はとにかく仕事熱心で志《こころざし》が高く、民のことを考えていて、休日も、給料の半分も返上して、仕事に打ち込んでいたのだという。

十数年後、官吏は捕らえられた。

自分の血縁の者と結託して、一族の私腹を肥やしていたことが発覚したのだ。

いったい、どのような経過を経て彼はそうなったのか……。

『もしも彼が、本来自分が受け取るべきものをきちんと受け取っていれば、公私を線引きし続けることができたのではないだろうか？』

その人物のことを惜しんだ父は、そう言っていた。まぁ、当然、悪事を大目に見ることはできないけど。

「……繰り返しますが、アトラス殿下を擁護するつもりはまったくありませんよ？　治癒魔法をかける前に、私も一発殴ればよかったと思っています」

「あ、うん。私も蹴り入れてやりたかった」

ふだん暴力なんて絶対使わないクロノスでも、やっぱりアトラス殿下には本当に腹が立っていたのだ。

「政治的な都合で決められた婚約で、アトラス殿下にも何か思うところあったのかもしれないけど、結局一番つらい思いをしてきたのはテイレシアなんだから。本当に……ああ、王子だけじゃなくて、王宮にも本当に腹が立ってきた……」

「ただでさえ政略結婚は心身に相当な負荷をかけるものです。『国のため』？　『家のため』？

『あなた一人さえ、我慢すればいい』？　自分の感情を無視され続けることに、大抵の人間は長期間は耐えられないのですよ」

そう、本来それが、新聞が政略結婚を批判していた理由だった。

なのに今回、アトラス殿下の乱暴な婚約破棄の口実にされ、テイレシアを傷つけるのに利用されてしまった。それが悔しい。

「うまくいった政略結婚がないわけじゃないけど、個人の資質や、お互いの良心があったからだよね」

「加えて周囲のケアでしょうか。会った瞬間に恋に落ちるとか、それなりに夫婦らしい情が芽生えれば、それに越したことはないのですが……」

国王陛下の命令により公妾となったものの、クロノスを産んでから公妾をやめ、二度と国王陛下の閨《ねや》にあがらなかったお母様。

妻を一時期国王に奪われてしまったのに、クロノスを我が子同様に可愛がってきたお義父様。

もちろん、それがなければクロノスはこの世に産まれなかったわけだけど。ウェーバー侯爵夫妻も、『公』たる王宮――――いや『公』を装った国王陛下の私利私欲の被害者ではある。

（それでも……クロノスはよくこんなまっすぐな子に育ったよ）

どんなに両親ががんばって愛を注いでも、境遇的にはひねくれてもおかしくないのに。王妃やアトラス殿下の嫌がらせだって、決して軽いものじゃなかったのに。

「『公』と『私』を混ぜない心の強さは、当然誰しも持つべきものです。ただ、今の王宮は、気高い心や優しい心を持った人間ほど心が折られやすく、私欲に走った方が生きやすい場所なのですよね。いろいろ考えると、私としては、王宮内に根本的な改革が必要なのではないかと思うのです」

「そうだね……。この王宮でテイレシアがもしアトラス殿下の妃になってたらと思ったら、ぞっとしたもの。改革が必要、というのは私も賛成だよ。

　というわけで、クロ。

　――王にならない？」

　ごぶっ、と、クロノスが紅茶を吹いて咳《せ》き込んだ。

「私、変なこと言った？」

「……自覚がなかったですか？」

「キミが次期国王の座を取りにいくって、ダメかな？」

「さすがに……アトラス殿下に罰はあるでしょうが……それとこれとは」

「そうかなぁ。国王陛下と今すぐ替わってもいいぐらいだと思うんだけどなぁ」

「不敬ですよ、カサンドラ」

「――そこで遠慮していたら、守れないものもあるんじゃない？　アトラス殿下がそこそこの罰で許されて将来王位につくなんて、キミは許せる？」

「…………それは」

言葉につまるクロノス。

困らせてしまったかな。私がそう思いながら、五枚目のクッキーに手を伸ばそうとした時。

「……確かにそうなれれば、異父弟《おとうと》たちも彼女も、私が守れるでしょうけれど」

クロノスのつぶやきは、あわただしいノックの音にかき消された。

「――――クロノス・ウェーバー様！！！

国王陛下がお呼びです！！　今すぐ玉座の間に、お越しを！！！」

＊＊＊

（披露パーティーは卒業式のあとにするとして、場所はどうするか。普通は、新郎新婦どちらかの邸《やしき》に招待するんだろうけれど、テイレシア様をお祝いしたい人も多いだろうし、ホテルをまるごと借りきるか……。いっそ、別荘の城か。湖畔で景色がきれいだし、馬にも乗れるし施設も充実してる。衣装部屋も十分あるから、何着ドレスを着てもらっても問題ない。それとも、テイレシア様が海の方が良ければ、船上というのもありかな）

国王に無事結婚式を終えたことを報告するため、俺は王宮に出向いていたのだが、少なからず浮かれていたことを許してほしい。

荘厳な宮殿の長い廊下を歩きながら、俺の頭の中にはこれから先の楽しいことばかりが浮かんでいた。

(そうだ、卒業式のあとにもダンスパーティーがあるんだったか……。そっちのドレスと宝飾品も用意しないと)

経験のなかったダンスも、最近はそれなりに自信が持てるようになってきた。

彼女と踊るのを想像するだけでわくわくする。

――テイレシア様を正式に妻にできただけで、こんなにも安心感が違うものか。

本当なら、婚約破棄の時点で、アトラス王子には何もテイレシア様に言う権利も求める権利もなくなっているはずだ。

だが、俺と王子では身分も立場も違いすぎる。持っている権力も。

いつまた彼女を奪い返されるか、心配は常に消えなかった。

それに、盲点だった、生徒会長のクロノス・ウェーバー卿《きょう》。

テイレシア様を騙していたわけではないとわかってくれたから良かったものの……たぶん、あの人が本気を出していれば、正直危うかったんじゃないかと思う。

テイレシア様はまったくクロノス卿の気持ちに気づいておらず、クロノス卿は、テイレシア様の気持ちを尊重してくれた。

最終的に選ばれた俺は、誰よりも彼女を大切にする。

ところで、王宮に出かける前、兄に声をかけられた。

『どうやら、ヒム王国は引き上げそうだ。ひそかに本国から帰還命令が下ったのか、王女様の周りがあわただしいぜ』

ひやりとしたが、それでも、無事にテイレシア様との結婚が成立していることに安堵《あんど》した。

今回の陰の立役者の一人が兄だ。

エルドレッド商会の貿易関係を取り仕切っているので、各国の動向をいち早く摑《つか》むことができた。

『――――ねばっていた王女様の想いも、叶わなかったというわけだ。かわいそうだけどな』

そう、少し同情するような口調で兄は言った。

……ヒム王国は、レグヌムにいるテイレシア様の親戚をかなりの重要人物と見なしており、彼を激怒させた情報をつかむと、とたんに怯《ひる》んだ様子だったという。

火の粉が自分たちの国に降りかかる前に、知らぬ顔でエオリア王女を国に戻そうとし、なんならわざと婚約交渉を決裂させようとしているという噂もあったとか。

そんな中で、エオリア王女は、

『それは国として道理に反している、知らぬ顔をすべきではない』と、ヒム本国を相手に粘り、表面上はアトラス王子との交際を続けながら（贈り物も疑われないように受け取り続けながら）、外交での解決を模索させていたのだそうだ。

……それでも、エオリア王女の先日の様子を思い返すと、すでにアトラス王子の本性を悟っていたように思う。

もし早々にヒム王国がフェイドアウトを決め込んでいたら、王宮は違う動きをしたかもしれない。

本当に、ぎりぎりまで道を模索していたエオリア王女が、最大のキーパーソンだったのだ。

王女がもしヒム王国の国益だけを考えていたなら、さっさと安全かつ厚顔無恥な選択をしても良いところだっただろう。でも、王女はそうしなかった。兄からの情報を聞く限り、本当はかなり聡明で、国に対して忠誠心の厚い王女。だが今回は、なぜかテイレシア様を傷つける王子の共犯者となり、さらに、ぎりぎりまで王子の理想の姫君を演じつづけた。

そうした理由は、推測だが、おそらく……。

ふと。俺のほうに向かってくる耳障りな足音に、顔をあげる。

「ヴィクター・エルドレッド！！！」

ぎょっとした。

王子が半泣きの顔で、すごい勢いで俺にダッシュしてくる。

「たのむ！！！！　国家の危機だ、危機なんだ‼　俺にテイレシアを、テイレシアを返してくれぇえぇぇぇ！！！」

まさかとは思ったが…………本当に言ってくるとは。

先に結婚してて良かった、と心底思った。

一度破棄した婚約を戻せなんて理不尽きわまりない要求、普通の人間ならまず口にしないだろう。

でも、この王家は、するのだ。

テイレシア様も、王家（正確にはアトラス殿下）がそれをやりかねないと思ったからだろう、レグヌム新国王即位を知って、タッチの差で結婚してしまおう、という判断をしたのだ。

――――それにしても、国家の危機？

テイレシア様の親戚レイナート・バシレウス公には俺も婚約直後から手紙を送っており、テイレシア様と俺との結婚も、問題なく祝福していただいている（俺が勝手にやきもちを焼いただけで）。

その親戚がつい先日レグヌム国の王位についた、という予想外の事態はあったが、何かさらに起きたのか？

王子の接近を警戒した俺は、

（――――〈止まれ《プロイヴェーレ》〉）

無詠唱での拘束魔法を使う。

「なっ、ま、また、足が動かない!!」

「その距離からお話をうかがいます。いったい、何が危機なんですか？」

「テイレシアとの婚約解消によって、レグヌムの王を怒らせ、敵に回してしまった!!　あっちは戦争の天才なんだそうだ！　我が国に戦争をしかけられたらどうする!?　今からでも、婚約をもとに戻して……」

「落ち着いてください。そもそも何事もなかったように戻せるわけないでしょう。

――――というか、今、かなりの機密情報を洩《も》らしていませんでしたか？」

俺は独自の情報網で先につかんでいたが。同盟国の首脳交代の情報なんて、普通はわりと取り扱い注意じゃないのか？

「かまうものか!!　レグヌムの国王に、テイレシアの親戚の、レイナート・バシレウスが即位する!!　俺とテイレシアの婚約解消が大きな問題になっているんだ!!」

「ですから落ち着いてください。機密をペラペラしゃべっているのはともかく、テイレシア様のご親戚がお怒りなのは、おもにあなた方のやり口と、テイレシア様への仕打ちの酷さのはずです。まずは丁寧な説明と謝罪をするべきことではないですか？」

「お、俺は、騙されたんだ!!　エオリア王女に…………」

俺は眉をひそめた。

――あんたが言いますか、それを？

落ち着くために、深く息を吸って、吐いた。

なおも、エオリア王女の悪口を言い続ける目の前の王子。

「あいつは猫をかぶっていた悪女だ」

「最初から俺を陥れる気だったんだ」

「あいつから、俺に近づいてきたんだ！」

それなりに情報を握っている自分からすると、あまりに酷すぎて、正直耳に入っても、右から左へと通りすぎていく。

それなりに表面を取り繕える人間だと、思っていた。

ここまで自分の愚かさを露呈する人間ではないだろうと。

醜態をさらしている自覚はあるのか？

いろいろと自分を支えていた自信が今回崩壊したせいだろうか？

「……でも……あんたの自信は、テイレシア様を不当に傷つけることで成立していたものでしかなかったのに……」

「あ？　……何を言っている⁉」

「〈黙れ《タケー》〉」

――――王子にぶつける二つ目の拘束魔法。

「⁉　……‼」

アトラス王子は自分の声が封じられたことに気づき、喉を押さえ、口をぱくぱくさせた。

足もまだ、拘束魔法がかかっているので動けない。

静かに立ったまま、もがき続ける。

これ以上この男と話すと、もう何度か殴りとばしてしまいそうだ。

さすがにテイレシア様に迷惑をかけてしまう。

エオリア王女が王子のために粘っていたことも、教えてやる義理はない。

こいつは最後まで知らなくていい。

俺は手に持っていた、二つ折りの革の証明書入れを開いて、王子に見せた。

中の証明書を見て、王子が目を見開く。

「このとおり。テイレシア・バシレウス・クラウン公爵令嬢と、この俺ヴィクター・エルドレッドの結婚は、今朝、成立しています」

うそだ、と、王子の口が動いた。

「大司祭の署名入り、正真正銘の結婚証明書です。これから先ずっと死ぬまで、あの方は俺の妻ですので、ゆめゆめお忘れなきよう」

足が地面から離れないまま、俺につかみかかろうと前のめりになった王子は、バランスを崩してこけた。

再び立とうと、情けなくもがく王子を見下ろした。

テイレシア様であれエオリア王女であれ、どうして一人の女性を愛し抜かなかった？

どうして、自分を大切にしてくれるひとを大切にしなかった？

そんなことを問いかけても、こいつにはきっと届かないんだろう。

「――――それでは、失礼いたします」

俺は立ち上がれないままの王子に一礼する。

今回、テイレシア様に対してしたことで、王子にも罰は与えられるはずだ。婚約破棄の茶番に乗っかった重臣たちにも処分は下るはず。

拘束魔法をかけたまま、王子は放置する。

俺が離れて一定時間たてば魔法はとけるから、それで良いだろう。

人が通りかかったらちょっと恥をかくぐらいだ。

むしろ、国王を待たせる方がまずい。

俺は、先ほど衛兵に教えられた謁見の間の方向に再び向かおうと、歩を進めた。

その時。

「ヴィクター！！！」

背後から声がかかり、思わずふりむいた。

「テイレシア様？」

上品な紺のドレスを着た彼女が、スカートの裾を持ち上げながら、こちらに早足で向かってきていた。

このドレスも似合っていて良かった。

俺の見立てに間違いなし。

……と、今はそれはどうでもいい。

「……ごめんなさい。やっぱり私も国王陛下の報告の場にいなくちゃ、と思って」

彼女はアトラス王子を見て一瞬表情を固くしたが、すぐに顔をあげて俺だけを見る。

「邸《やしき》で待っててくださってよかったのに」

「だって……」

テイレシア様はひそ、と、俺に小声でささやいた。

「――――私がアトラス殿下と会わないよう、気をつかってくれたんでしょう？」

床に這《は》いつくばる王子が、未練がましげな目でテイレシア様を見る。

その視線を不快に感じ、彼女の肩を抱き寄せた。アトラス王子の声を封じておいて良かった。

「私はもう大丈夫。だから国王陛下への報告、一緒に行きましょう？」

「そうですね。そうしましょうか」

すがるようにテイレシアを見つめ、何か言おうとしてアトラス王子がぱくぱくと口を動かし、声が出ずに悔しげに唇を噛《か》む。

俺は前に出、自分の身体でテイレシア様を隠しながら王子を見下ろす。

「……王子、婚約破棄したのはそちらなので、恐い顔でこっちにらまないでください」

やがて、顔をうつむけ、出ない声を絞り出しながら、王子は静かに泣き始めた。

テイレシア様は目をそらす。

これまでされたことを考えれば、思い切り王子を嘲笑《あざわら》ってやっても許されるだろうに、それでも遠慮する彼女がかわいい。

すぐに抱きしめたいのをこらえて、「行きましょう、テイレシア様」と、彼女の手をとった。


——王子とは、ひとまずこれで決着だろう。

もちろんさらに何か手を出してくるようなら、今度こそ容赦はしないが。

いろいろな人の思いを託されている。

これから先は、彼女を幸せにすることに全力を注ぎたい。


まもなく俺の脳裏からも王子は追い出され、俺の腕をとり寄り添うテイレシア様のことだけで、再び満ちた。

■第７章　これからもずっと

私たちの結婚を国王陛下に報告した数日後、驚いたことにアトラス殿下が廃嫡され、若いのに辺境の地へ送られたと聞かされた。

婚約破棄、学園での不祥事、それをエオリア王女に見られてしまったことに加えて、どうやらレグヌムのレイナート君を怒らせてしまったことが大きく影響したみたい。

王宮のなかは大混乱だったけど、正直、

（これからはアトラス殿下に会わずに済むのね、良かった）

と、ちょっとホッとしたのは確かだ。

そしていきなり王太子になってしまったクロノス卿《きょう》……いいえクロノス殿下は、とても大変そう。

なにせ突然、正式に国王陛下の子であると認知され、王位継承権と次期国王の重責が一気に降ってきたわけだから……。しかも、優秀であるとは言っても、王太子教育を今まで受けてきていなかったのだから。

王妃様も王宮を出て、名前も聞いたことのないような土地でひっそりと生活を送られるそうだ。

またアトラス殿下に近かった重臣の方もかなりの人数失脚することになった。

そういった方々が今まで担われていた仕事を、いろいろな方に分担することになり、王宮はあわただしい。

その大騒動の中心にいる国王陛下は、こちらが心配になるほど、げっそりとお痩せになっている。

そしてレグヌムのレイナート君……いえ、レイナート国王のもとには、最終的にはクロノス殿下が複数の重臣方とともに謝罪に向かった。

アトラス殿下には自分がしたことの責任を取らせたこと、また、荷担した人間や王妃様にも処分をしっかりと下したことによって、双方面目《めんぼく》が立ったということで、国同士の関係はどうにかなったそうだ。

たぶん、レイナート君がヴィクターと私に気をつかって、ある程度で手打ちにしてくれたのかな、と思う。

そんなあわただしい日々とともに、私の卒業式と、私たちの結婚披露パーティーも近づいている。

ヴィクターが爵位を授与されたわけでもないのに急いで私たちが結婚したことに、巷《ちまた》では変に勘ぐるゴシップが流れているようだけど、気にしない。

何よりも私は、ヴィクターと無事結婚できたことにホッとしているから。

◇　◇　◇

「ううう、まとまらない……」

そして私は、学園の休日、邸《やしき》の書斎で、卒業式での答辞をどうまとめるかに悩んでいる。

結婚はしたけれど、卒業まで私は学園に通い、勉強する。

成績や単位は問題ないけれど、〈淑女部〉生徒会長としての最後の仕事もしっかりやらなくてはいけない。

ヴィクターはヴィクターで、結婚披露パーティーの会場設営の配置図をチェックしていた。

「お茶の時間にしますか？」

「あ……ええ。ありがとう。頭が悲鳴をあげてるから甘いものをとった方が良さそう」

――私たちが階下の居間に移動すると、慣れた使用人たちが、紅茶とお茶菓子をそろえて運んできてくれた。

ヴィクターの好みも加わると、お菓子のラインナップもまた変わる。

今日は季節の果物をたっぷり使ったタルト。

香りが良くてほんのり渋みの利いた紅茶ととても合う。

結婚式のあと、私たちは、長年私が生まれ育った公爵邸でふたりの生活を始めている。

この邸《やしき》は、両親が亡くなってからは私（と使用人のみんな）だけが住んでいたけれど、私にとっては愛着があるので、売り払ったりせずに住んでいたかった。

長年お世話になった使用人たちも、引き続き邸《やしき》で働いてくれている。

いくつかエルドレッド家の持ち家はあるそうだし、将来引っ越すこともあるかもしれないけれど、できればずっとこの邸は、手放さずにいたい。

「――できればもう少し増築をしたいんですよね。書庫と書棚の増築と、衣装部屋をもうひとつかふたつと……油絵用のアトリエもつくりますか？」

「……後ろのふたつは、しばらくいいかな⁇　でも本棚はもう少し欲しいわね。書籍関係のお客様も増えるのでしょう？」

ヴィクターは笑ってうなずいた。

結婚してから、ヴィクターが持っていた大量の本も邸にやってきて、我が家はちょっとした図書館並になっている。

それに、エルドレッド商会の事業のひとつである若手の作家の支援も、今後ヴィクターが中心になってやっていくことになったので、きっとこれから家に、もっと本が増えることになる。

管理が大変だけど、幸せ。

「ところで新作《しんさく》は進んでるんですか？」

んぐ、と、液体のはずの紅茶を喉に詰まらせかけたのは、ヴィクターの言葉のせいだった。

「……進んでいるように見える？」

「まったく？」

「わかってるなら聞かなくていいじゃない」

「ずっと気長に待ってるんですよ？　楽しみにしてるんですから、たまにせっつくぐらいいいじゃないですか」

「…………」

私はジトッとヴィクターをにらんだ。

もう少し、人をひるませるような目力《めぢから》が欲しい。

ヴィクターったら、にらまれてもなんか楽しそうに笑うんですもの。

(ご期待に添えるものになればいいけど……)

――私は、まだヴィクターに詳細を伝えていない新作のことを思い返す。

それは、『鋼《はがね》の乙女の英雄譚《たん》』の続編で、姫と勇者の再会から始まる物語だった。

結末は決まっていない。身分も与えられた使命もまったく違う二人がともに生きられるハッピーエンドがあるのか、ないのか、手探りでプロットをつくっている。今やこの世界で一人きりの読者に、喜んでもらえる結末が見つかればいいのだけど。

それから、もう一つ……。

「あれ、これはもしかして」

「あ、ちょっ！　違うの、これは！」

本と一緒に居間のテーブルに置き忘れていた紙の束を、ヴィクターが見つけてしまった！

「新作ですか！　ん？　『王子、婚約破棄したのはそちらなので……』？」

ヴィクターの手から紙の束を、あわてて奪い取る。

「ほんとに違うのっ。あのね、これ、レグヌムの友人に手紙で馴れ初めを聞かれたから、返事の手紙に書こうと思ってまとめていたら、つい小説形式で書いてしまって……」

「え！　そうなんですね、じゃあ俺も読んでも良いですよね？」

「絶っ対、ダメ」

「えええ!?」

ことあるごとにヴィクターに見惚《みと》れてる描写なんて、本人に見られた日には羞恥心で即死です。

断固拒否した私に、しばらく未練がましげに「どうしてダメなんですか？　読みたいです」と私の顔を覗き込んでねだっていたヴィクターだったけど、ふと気づいたように言った。

「明日は卒業式後の謝恩パーティーの衣装合わせですからね。髪型とアクセサリーも合わせますから、答辞は今日中にお願いします。あと」

ヴィクターが大きな手を伸ばし、目にかかっている私の前髪を掬《すく》う。

緑の宝石みたいな瞳と、目が合った。

「卒業式は寝不足厳禁ですからね」

「…………っ！」

いまだにドキドキしてしまうのを何とかしたいと思ったり。

寝不足の半分はヴィクターのせいではないかしらと思ったり。

そんなこんなで、卒業までの残り少ない日々は過ぎていく。

◇　◇　◇

――――卒業式当日。

「テイレシア様、お綺麗《きれい》ですわ!!」

「よくお似合いです、とっても素敵！」

「ご結婚おめでとうございます！」

「今まで本当に、ありがとうございました。新学期からもういらっしゃらなくなるのは、本当に寂しいですわ」

「卒業しても、どうぞ末長く仲良くしてくださいませ……!!」

〈淑女部〉の後輩たちからはねぎらいと別れの言葉を受け取り、同学年の令嬢たちとは卒業後もよろしくと言葉を交わしあう。

――――朝から始まった式典はとどこおりなく終わり、私も無事に、生徒会長として最後の大役を終えた。

そしてみんな一斉にドレスや盛装に着替えて、謝恩パーティーを楽しんでいる。

現在は昼の部で、学園の自慢の庭園を見ながらのガーデンパーティー。後輩たちも参加できるので、こうして私に声をかけてくれていた。

夜の部は、管弦楽の演奏を楽しみながらの華やかな夜会。

卒業生とそのパートナーだけが出席できる、ダンスパーティーだ。

「――――さっきからテイレシア様、人気ですね」

「生徒会長だったもの。それよりヴィクター、飲み物は要らないの？」

「主役は卒業生の皆さんですから。テイレシア様は大丈夫ですか？」

「今は大丈夫……なんだか胸がいっぱいで」

両親が亡くなってからは、社交の場に出るときのドレスも宝石も、ずっと一人で、それも社交界の目ばかりを気にして選んでいた。

でも今日のドレスは、大好きな色を並べてさんざん迷って、最後にヴィクターと相談して決めたお気に入りだ。

全体の色はオレンジゴールド。そこにピンクゴールドやシャンパンゴールドのレース装飾で変化をつけている。

随所に宝石もちりばめられていて、歩くたびに、シャンパンが弾けるみたいに表情を変える。

ジュエリーはヴィクターに贈ってもらったエメラルドの髪飾りをはじめ、ドレスのこの色に合う宝石でくみあわせた。

すべてが最高。

こんな気持ちで卒業式を迎えるなんて思ってもみなかった。

「いたいた！　ごめんね、遅くなったよ！」

少し遠くから駆け寄ってきたのは、カサンドラだ。

褐色の肌を美しく引き立てるアイボリーのドレスには、彼女のお母様の国の伝統的な紋様が、黒と金糸で刺繍《ししゅう》され描かれている。大粒の宝石が光る首飾りが、まるで異国の女王様のよう。いつもよりも一段と綺麗。

「いいね、そのドレス！　良く似合うよ」

「ありがとう、カサンドラのも素敵！」

私ははしゃぎながら返す。

「テイレシア様！」

「三年間お疲れさまでした！」

「答辞カッコよかったです」

途中で合流したのか、ヴィクターの元気なお友達の三人もカサンドラの後ろにいた。

「あ、そうだ。クロは……ええと、クロノス殿下はぎりぎり夜の部には間に合いそうだって」

「ああ、出られるのね！　良かったわ」

「彼はもうずっと勉強に次ぐ勉強、そこに公務が入ってきて、ずっと殺人的な忙しさなんだよね。大変そう」

「カサンドラ様は、お持ちの会社を手放して、クロノス様の補佐を目指されるんでしたっけ」

ヴィクターが尋ねると、

「うん、まずは官僚を目指す。貧乏くじ引いてばかりの幼なじみ《おさななじみ》のクロノスのために、なにかできないかと思って。でも、さすがに勉強しないといけないことが山のようにあるから、しばらくはまた学生なんだ」

と、カサンドラは肩をすくめる。

「でも、うちの父親、親馬鹿だろう？　『おまえなら我が国初の女大臣どころか女宰相にだってなれる』……って言うから、乗せられてがんばってみることにした」

「カサンドラ、言い方！　でも、将来的にカサンドラが部下になったら、クロノス殿下も心強いはずよ」

そう言うと、カサンドラは「そっかな。だといいな」とはにかんだ。

「がんばってください！」

「カサンドラ様ならできますよ！」

とヴィクターのお友達も言う。

こんなふうに、どんなときも自分らしくある彼女に、私は今までどれだけ救われただろう。

自分のことのように嬉《うれ》しくて、今まで彼女がずっとそばにいてくれたことを思い返していると。

不意にこみあげてくるものがあった。

「あのね、カサンドラ――――」

「テイレシア、ずっと一緒にいてくれてありがと」

「先に言わないでよ！　あのね」

目が熱くて、しまったと思ったときには涙がこぼれてしまったけど、私は笑顔をつくって言った。

「これからもずっと、お友達でいてね」

◇　◇　◇

――――数時間後。

謝恩パーティー、夜の部。

「…………初めて見たよ！　あんなにヴィクターが緊張してるの」

「笑わないでください。しくじってテイレシア様に恥をかかせないか、気が気じゃなかったんですから」

「大丈夫よヴィクター。私の初めての夜会よりは、遥《はる》かにましだから」

夜会が始まり、管弦楽の優雅な演奏が流れ始めた。雰囲気はほとんど大人の社交界のそれ、そのままだ。

一番好きな曲にあわせて、私とヴィクターは最初のダンスを踊った。

さすが何でもこなしてみせるヴィクターは、ステップも間違えなかったのだけど、びっくりするほど顔が緊張してこわばっていて。

それを、横から見ていたカサンドラが、すれ違いざまに、からかいの言葉を投げてきたのだ。

「でも、レッスンとは全然感じが違ったでしょう?」

「そうですね……実際に踊るまでは、すごく楽しみにしてたんですよ。なのに、あんなに頭のなかが白くなってしまうものなんですね。……でも確かあと二回は同じ相手と踊っていいんですよね?」

負けず嫌いの、リベンジする気まんまんの目でこちらを見るヴィクター。

「そうね、またあとで踊りましょうか?」

私は微笑み、ヴィクターの腕に触れる。

……その時、会場全体が、ざわめいた。

遅れて到着した、クロノス殿下の登場だ。

金糸銀糸が縁取る正装には、王家の紋章。それを細身のクロノス殿下はシャープに着こなしている。

ただでさえ、その美貌で、既婚未婚を問わず貴族女性たちに絶大な人気があったクロノス殿下。
さらに王太子になられた、ということで、女性たちの人気はほぼ一極集中だ。パートナーがいる女性まで、彼の周りに集まってしまう。

なのに。

「話したい方々がいますので」

以前よりも毅然《きぜん》とした態度で女性たちを振り切るクロノス殿下は、ぐいぐいと人の群れを割って、なぜかこちらに歩いてきた。

「クロノス殿下？」

慌てて、ドレスの裾をもち、礼をする。

「あなたがこの日を無事迎えられて良かったです」

「え、ああ、ありがとうございます。クロノス殿下もご卒業おめでとうございます」

「――――固くならないでください。あなた方の知るクロノス・ウェーバーと、中身は何も変わっていないので」

「と、おっしゃっても⁉」

「王家は、その人自身の素晴らしさも見きわめずに、家柄や血統で人の価値を値踏みして侮《あなど》っておとしめて、今回痛い目を見ました。同じ過ちをおかさないよう、私は、立場が変わっても信頼できる友人は引き続き大切にしたいのです」

貧乏くじを引いてばかり……とカサンドラは言っていたけれど。

どこかクロノス殿下は、腹をくくって開き直ったようにも見えた。

「エルドレッド君にも伝えたいのですが……」

軽く咳払《せきばら》いをして、クロノス殿下は続ける。

「私は強い国王になります。国をよどませてきた王宮の中の魑魅魍魎《ちみもうりょう》や貴族社会の膿《うみ》を一掃して、人の幸せを第一に考えた国をつくっていく、強い王に」

「………クロノス殿下」

「だからどうかあなた方は、誰にも遠慮をしないで、大切な人と幸せでいてください」

そう言って、クロノス殿下は静かに微笑んだ。

「それでは、よい夜を」

離れていく、クロノス殿下。

知らず知らず、私はヴィクターの腕をぎゅっと握りしめていた。

(誰にも遠慮をしないで、幸せでいてください、か)

優しい言葉だ。

私は大切な人に守られている。

愛されて幸せにしてもらっている。

だから私も。

「────テイレシア様？」

「なんでもないわ。私も、あなたを幸せにしたいと思っただけ」

「……あなたのそばにいるだけで幸せなのに、愛する人からそう言ってもらえる嬉しさがどれだけか、わかりますか？」

ヴィクターが私の額にくちづけた。

肩を抱きよせた手は、いつものように頼もしい。

愛している。あなたのとなりが私の場所、そう、実感する。

これからもずっと、私のそばにいてね。

■後日談1　幸運な誤解【ヴィクター視点】

　卒業式からほどなくして、俺たちは結婚披露パーティーの日を迎えていた。

　会場は結局、クロノス殿下のたっての願いで、王宮の大庭園と大広間を使うことになった。

『王家がテイレシア様を重要人物として扱うということを、国内外に示したいから』だそうだ。調子がいい気もしたが、今後のことも考えテイレシア様と相談して承知した。

「……いや、あのとき、エルドレッド商会の船がなかったら、わたくしも妻も、今ここにはおりませんでしたからな！　商会の船乗り諸君とヴィクター君には、感謝してもしきれないのです」

　王宮自慢の大庭園に、やわらかな日差しが降り注ぐ。

　上機嫌で笑いながら話しているのは白髪の紳士。ホメロス公爵だ。

　うちの両親は恐縮し、テイレシア様はうんうんとうなずきながら聞きいっている。

「夫からもある程度、その時のことは聞いておりましたが……本当に、ご無事で何よりです」

「まったくです。いやぁ、あのときは死を覚悟しました」

〝夫〟。テイレシア様の口からこの言葉を聞くと感慨深い。

今日のドレスは、ふわりと花弁のように広がるドレープが特徴的な白いドレス。可愛らしく結い上げ、そよ風に揺れる髪。

長いまつげやピンク色の唇とあいまって、自分の妻ながら花の妖精のように魅力的だと思う。

ホメロス公爵は、敵国が侵攻してきた当時ゼルハン島にいて、エルドレッド商会の船で一緒に脱出した方だ。都に帰ったあと、俺への報奨と爵位の授与を提案してくださった。

高齢のため、一度政治の一線からは退かれた方だが、今回（アトラス王子の一連の不祥事により責任をとらされて）失脚した大臣たちのかわりに王宮に戻り、宰相としてクロノス殿下を支えるそうだ。

……あくまで噂《うわさ》だが、国王陛下も何年か後には退位を約束させられているのだとか。

「そういえばテイレシア様、お聞きください。あのとき我々の脱出直後にゼルハン島にかけつけ、敵軍を蹴散らしてくれた援軍が、レグヌムのものだったのですよ」

「あら、そうだったのですね？　存じませんでした」

「そうなのです。なぜか、国内では話題にほとんどのぼらなかったのですが……」

俺もそれは知らなかった。

「それから一年も経《た》たぬ今、レグヌム王のご親戚であるテイレシア様とヴィクター君が結婚とは

「……運命とは不思議なものですな」

正確には、親戚があとから王になったわけだが、確かに、もしかしたら脱出直後にレグヌム軍と遭遇する機会もあったかもしれない。

俺自身は本土にたどりついたとたん、疲労でしばらく熱を出して寝込んでしまっていて、よく覚えていなかった。

「……おや、おでましのようですな。あちらの国王陛下が」

「あ、ありがとうございます。では、ホメロス公爵、またのちほど」

俺はテイレシア様の手をとり、ホメロス公爵から離れて、そちらの方に歩みを進めた。

クロノス殿下が先導して、庭園のなかにレグヌム新国王、レイナート王が入ってくる。

この大陸では珍しい黒髪に、小麦色の肌。漆黒と紫の生地を金糸で縁取った正装。

細身で少し俺より小柄だが、隙のない身のこなしは相当強い武人のそれだ。

彼の後ろには、艶《つや》やかな赤髪の女性が寄り添っていた。

「国王陛下。このたびは、遠路はるばる我々の結婚のお祝いに駆けつけてくださり、まことにありがとうございました」

「いえ。改めて結婚おめでとうございます。末長い幸福に包まれますよう。――――テイレシア、こちらのことで迷惑をかけてしまったようで申し訳ない」

「大丈夫、気にしないで……くださいませ。このとおり、幸せですから。毎日、楽しくすごしてお

ります」

「お元気そうでなによりです」

こういう場なのでこういう言葉遣いだが、本来はもっと砕けた言葉で話す関係性らしい。

切れ長な眼と、骨格がシャープな顔立ち。テイレシア様と唯一少し似ていると思ったのは、瞳の色ぐらいだろう。彼女は綺麗《きれい》な菫《すみれ》色、レイナート王は紫水晶《アメジスト》の色。珍しい紫の瞳は、バシレウス家の特徴らしい。

あまり笑わず表情が動かないというか、テイレシア様とくらべても落ち着いている印象だ。

今回の結婚披露パーティーにも来られる、と聞いたときは少しヒヤリとしたのだが、パートナーらしき赤髪の綺麗な女性が同伴していたのでそれはホッとした（彼女はテイレシア様とも仲がいい、幼なじみの侯爵令嬢だとか。テイレシア様が例の〝小説〟を送ろうとしている相手らしい）。

「テイレシア様、お酒ではない飲み物もありますか？」

と、その赤髪の女性が話しかけてきた。

「あ、そうだわ。陛下もお酒は苦手だったわね……すみません、少し中座して給仕を呼ばせていただいても？」

「お気遣い感謝します」

「すぐ戻ります」

テイレシア様と赤髪の女性が、その場を離れる。

（……………）

残された俺は、何を話すべきか迷っていた。

このレイナート・バシレウスという人、ひとつよくわからなかったのは、生まれつきの王族だというのにテイレシア様と俺との婚約に最初から賛成してくれたことだ。

『レイナート君は、ヴィクターが平民なことは気にしないと思うわ。彼自身身分が低かった亡きお母様のことを尊敬しているから』

そうテイレシア様は言っていた。

だがこの人は、アトラス王子の一方的な婚約破棄に対しては、こちらの王家に強い抗議の手紙を送るなどしている。あの時点では一王族であったにもかかわらず、レグヌム王家の意思と関係なく独断で。

その強い姿勢と、最初の時点では『どこの馬の骨とも知れない』男だった俺との婚約に賛成した姿勢の違いが、なんだか腑《ふ》に落ちない。

……といって、それを俺からたずねて良いものか？

少し考えてしまった、そのとき。

「――――良かったですね、あれからテイレシアと再会できて」

「はい…………はい？」

さらりと口にしたレイナート国王の言葉に、俺はつい聞き返した。

『あれから』とは？

「ああ、失礼。以前ゼルハン島の一件の後、病院でお見かけしていたので。あなたは意識がなかったと思いますが」

「……あの、病院……？」

そうか、本土に戻ってすぐ、入院した病院か。

「あの……レグヌムから援軍にいらっしゃったというのは……もしかして」

「我々が指揮していました。戦闘が終わった後に、脱出した方々の収容されている病院も見に行ったので。そのときにあなたが、テイレシアの書いた『鋼《はがね》の乙女の英雄譚《たん》』の本を抱きしめていたので、ああテイレシアの知り合いなんだな、と。脱出の中心になっていたことと名前は、その場で看護師に聞きました」

（……………………うわ……）

そんなところを見られていたとは……恥ずかしい。恥ずかしすぎる。

国王陛下が、笑いながらでも馬鹿にする様子でもなく、真面目な顔で淡々とこうでしたよと語るのが、余計に恥ずかしい。

「そ、そうだったんですね。それはお恥ずかしいところをお見せしてしまい」

「それに、寝言で何度もテイレシアの名前を呼んでいたので、よく覚えていました」

「！！？？」

「あと、絶対に結婚してやる、とか、彼女と学園生活を送るんだとか、本土に帰ったら会いに行くとか……」

「…………………！！？？」

さらにまずいものを投下された。

少し離れたところで俺たちの話を聞いていたクロノス殿下が、吹き出しそうになった口をおさえてこらえていた。

――――なるほど。

この人が最初から婚約に反対しなかったのは、俺がどこの誰かだいたい把握していたうえ、元々テイレシア様と知り合いだったと誤解していたからか？

それはわかった。納得した。だが。

「…………ん、なにか？」

「…………陛下。それはどうか、テイレシア様にはご内密にお願いします」

土下座しても良いぐらいの気持ちで俺は頭を下げ、レイナート王はきょとんとした顔で俺を眺め。

クロノス殿下が横から、

「……すみません、それは私からもお願いいたします、陛下」

と、助け船を出してくれたのだった。

――テイレシア様が戻ってきたのはその直後だった。

「お待たせしてごめんなさい。声をかけてきたので、もうすぐお酒以外の飲み物もそろえて持ってきてもらえますから。ヴィクター？　顔が赤いけれど、大丈夫？」

「いえ、全然っ！　気にしないでください！」

「ほんとう？　間違ってお酒を飲んだりしていない？」

こういう変化にも目ざといなこの人は、という嬉《うれ》しさと、何とも言いがたい恥ずかしさとがまざりながら、俺はテイレシア様の肩を抱き寄せた。

■後日談2　贈り物、悩み中

……ヴィクターと結婚して三ヵ月。

私はひとつ、夫のすごい能力を発見していた。

「この紙……ものすごく書きやすくて、良いわ」

ヴィクターがこの間プレゼントしてくれた便箋を使ってみた。紙の色合いや端に入った模様も素敵だけど、実際に書いてみるとすごく書き味が快適だ。

それに、お母様の万年筆に、ヴィクターが私にプレゼントしてくれた新しいインクを入れて書いてみたら、そのインクも良い。瓶も可愛い。

机の端に置いてあるのはカラフルな砂糖菓子入りの瓶。瓶を振るとお菓子が動くのが見えてこれもすごく楽しい。

びっくりするのだけど、ヴィクターは、ちょっと外に出かけると『ああ、これはテイレシア様が喜びそうだな』というものをさくっと見つけて帰ってくる。

それがだいたい当たっている。

何かコツがあるの？　と思って聞いてみたけど『なんとなくですね』という、まったく役に立たない回答が返ってきた。

（私にもおんなじ力があったらなぁ……）

喜んでもらえたので、あれからお菓子は時々つくったりする。けど、相変わらず、圧倒的にヴィクターからもらうものの方が多いことには悩んでいた。

他に、私がしてあげられることと言えば、ヴィクターに勉強を教えることぐらい……。でも、最近は、苦手だった貴族独特の科目も克服しつつあるので、私の出番はそんなにない。

同じ部屋の中で、彼が王立学園の勉強をしている間、私は横で本を読んでいるか邸《やしき》の仕事をしている（時々ヴィクターがちょっかいを出して私がたしなめる）というのが、最近の風景だった。

……必要な手紙の返事を書き終えて、書類にサインをして、亡きお父様が投資していた事業の配当金を確認して、お邸の使用人の給料計算をして、これで今日の邸の仕事は終わり。ヴィクターとも分担しつつあるので、最近はそんなに仕事が多くない。

そういえばヴィクターはどこかしら？

今、学園は夏休み。

図書館に勉強しにいく時もあれば、ご実家の仕事の手伝いにいくこともあるけど、今日は邸にずっといたはず……。

最近アレをしているから、あそこかしら。

そう思いながら私は、結婚するまでしばらく使っていなかったダンスの練習室に向かう。

予想通り、ヴィクターはいた。

あるものを握り、それを振る角度をチェックしながら練習している。

「ヴィクター？」

「！　テイレシア様。終わりました？」

真剣な顔をして振っていたのに、振り返ると、ぱあっ、と顔が明るくなる。切り替え早い。ちょっとかわいい。

「剣の練習してたの？」

「ああ、はい。レグヌムの国王陛下にいただいた練習用の剣です」

この前、私たちの結婚披露パーティーに来てくれたレグヌム国王レイナート君は、かなりハイレベルな剣の名手としても有名だ。

一部の貴族は早くからたしなみとして剣を習っているけど、平民のヴィクターは、（魔法や徒手格闘はできるけど）剣にはまだ慣れていない。

それが気になっていたのか、パーティーの席でヴィクターがレイナート君に、

『どうやったら剣がうまくなりますか？』

と何気なく聞いた。

そうしたらレイナート君は翌日時間をとって（よく時間調整したわね）みっちりヴィクターに教えてくれた上、

『とにかく自在に動かせるようになること。それから感覚を忘れないように、少しでいいから毎日練習したほうがいい』

と助言をくれたのだった。

その時私はと言えば、小説の参考にしたくて横でずっと動きや技術を観察していた。

だけど、ヴィクターに教えられることがあるレイナート君がうらやましくて、ちょっとだけ嫉妬した。私も一緒に教われば良かったかしら。

練習用の剣を拭いてホルダーに収め、濡《ぬ》れタオルで汗を拭くヴィクター。

つい私が首筋に見とれていたら、ふいにヴィクターが私の方を見た。

「そういえば、今度一緒に行く城なんですけど」

「ああ、河の中洲《なかす》に建つっていうお城よね！」

私たちは、今度、ヴィクターの実家が所有しているお城のひとつに行こうという計画を立てていた。

そこは昔の領主が、河を通る船から通行税を徴収していたというお城で、建物そのものの美しさに加えて河面にそれが映る光景が、とても幻想的なのだそうだ。

かつて河に住む美しい人魚たちが、その歌で船乗りたちを誘っては渦に誘い込み命を奪っていたが、古《いにしえ》の領主が彼らを追い払い、二度と戻ってこられないよう、人魚たちが身体を休めていた中洲に城を建てた――なんていう伝説があるらしい。人魚の王が座ったという岩も残っているそう。楽しみすぎる。

「そこの城の、領主の執務室に、歴代領主の剣がすべて収められてるんですよ」

「本当⁉」それはなんてときめく空間。

「子どもの頃は見てもわからなかったんですけど、今なら歴史にも剣にも少しは詳しくなったから楽しみです」

ヴィクターのいい笑顔に、ほうっと見とれてしまい、そのとき気が付いた。

（あれ？　もしかして私、プレゼントに剣って、いい線いってたのでは……？）

使わないと思うけど、こう、眺める的な意味で、あってもいいのかも。

なるほど、十二月のヴィクターの誕生日のプレゼント候補に……。

「あ、それに！　今度、レグヌムの陛下が剣を一振りくださるそうです」

あああ、かぶったぁ……。

「どうかしました？」

「いいえ、もうちょっと瞬発力が欲しいなと思ったのよ」

「？」

そうよね。ヴィクターがいろいろ素敵なものを見つけてこられるのは、目に入ったそれを逃さずぱっとつかまえる瞬発力があってこそだわ。

プレゼントを選ぶなら自分のことだけ考えて悩んでほしい、ってヴィクターは言っていたけど、優柔不断な私は悩んだら悩みっぱなしだものね。

「なんだか時々、そんな風におひとりで考えていますね？」

ヴィクターが顔を近づけながら私の頬に触れる。

う、至近距離。眩《まぶ》しい。

「そういう時の顔も好きですけど、ちょっと寂しいです」

「…………」

……話して、ってことね？

「大したことじゃないのよ？　ただ、あなたにたくさんものをもらっているじゃない。私はあんまり返せていないなっていう、反省とかもうちょっとがんばろうとか、そういう感じ」

「けっこう、たくさんいただいてますよ？　現在進行形で」

「？」

とりあえず、そろそろお茶の時間だから行きましょうか、と言いかけて、

（……あ）

不意に、もしかして、あれだったら喜んでくれるかしら？　というものを思いついた。

わからないけど、少し悩んで、考えが変わらないようだったらヴィクターに渡してみましょう。

◇　◇　◇

お茶を終えたあと、私は「ちょっと書斎の方に来てくれる？」とヴィクターを誘った。

「どうかしました？」

「渡したいものがあるの」

書斎に入る。

机の上の木箱に二本並んだ、万年筆。その少し太いほうを手に取って、ヴィクターに見せた。

「……結婚して以来、書き物も増えたでしょう？　だからこの万年筆、どうかと思って」

「でもこれ、テイレシア様の、亡くなったお父上の形見ですよね？」

「ええ、そうだけど……」

あ、もしかして外したかしら？

間違いなくとってもいい品なのだけど……亡くなった人のものって……もしかしなくても、ちょっと重い？

「その……結婚した時に、父と母がおそろいで作ったものなの。私が、お母様のものを使うから……ヴィクターが……お父様のものを……どう、かな？　と思って……」

失敗したかな、という思いで、どんどん声が小さくなってしまう。

ヴィクターが私の手から万年筆を取ると、そっと、木箱に戻した。ああ、やっぱり駄目だったかしら、と思ったその時。

私の顔がヴィクターの胸にすぽりと埋まった。

ヴィクターの左腕が私をぎゅっと抱きしめ、右手が私の頭をぽん、ぽんと触れながら優しく包む。

「いいんですか？　そんな大切なものを」

「大切よ。大切なものだから……それでいて永遠に未来に残せるわけじゃないから。だったら今、ヴィクターに使ってほしいの」

あれ、これ、結局私の願望になってるかも？

そう反省した時、ぎゅうっ、とヴィクターの手の力が強くなった。

「……ヴィクター？」

完全に拘束しにきたヴィクターの腕の中で、私はもがく。

「すみません、今ちょっと俺の顔見ないでください」

「？」

「たぶん……嬉《うれ》しすぎて、今、相当締まりのない顔してるので」

「？？？　ヴィクターだったらたぶんどんな顔でも」

「駄目です」

ヴィクターの胸でモゴモゴしゃべる私の頭に、ちゅっ、と口づけた感触のあとで、「……ありがとうございます」という声が降りてきた。

■後日談3　お迎え【ヴィクター視点】

貴族同士で集まるものと言えば、夜会だとか舞踏会とか、社交みたいなものばかりなんだろうと平民の俺は思っていたのだが、王立学園卒の貴族令嬢たちはそうでもないらしい。

「生徒会の子たちで、女の子だけの食事会をするそうなの！　行ってきてもいいかしら？」

と、嬉々《きき》としてテイレシア様が出かけたのは、七月の夜だった。

約束通りの時間にその邸《やしき》に俺が迎えに行くと、

「やぁヴィクター、お迎えご苦労様ぁ」

と、すっかり出来上がって上機嫌なカサンドラ様が玄関ホールに出てきた。

「なんというか、食事会、というよりも飲み会状態ですね？」

「えへへ。ヴィクターも飲んでく？」

「ご遠慮します。俺はどちらかというと酔ってふにゃんふにゃんになったテイレシア様を素面《しらふ》で愛でていたいほうなので」

「あはは、真顔で性癖駄々洩《も》れてる！」

カサンドラ様が大声で笑ったその時、「ヴィクター、来てくれたの⁉」という可愛い声ととももに、テイレシア様が出てきた。

ちょっと足元がおぼつかなくなっている彼女のところに駆け寄ると、俺の身体にぎゅーっと抱きついてくる。

「ありがとう！　嬉《うれ》しいわ」

「大丈夫です？　もう帰っても」

「うん、大丈夫～。大好き～。大きい～」

うん、いい。めちゃくちゃいい。大きいってなんだ。でかくて良かった。

付き合ってから初めて知った。酔っぱらったテイレシア様はものすごい笑い上戸で、完全に理性のタガが外れて、子どもみたいに甘えてくる。可愛い。

普段の夜会などでは完璧にセーブしているので、この状態のテイレシア様を見られるのはなかなかない。

よしよし、とテイレシア様の頭を撫《な》でていると「あ、そうだぁ。ヴィクター」とカサンドラ様が聞いてくる。

「剣、習ったんだって？　テイレシアが言ってたぁ」

「ああ、そうですね、そんなに本格的にやるつもりはなかったんですけど」

カサンドラ様の問いに答えながら、ちょっとおねむな様子で「ヴぃくたぁ…」と俺を呼ぶテイレシア様を抱き上げる。

「なんか理由でもあったのかいぃ？」

「……まぁ……クロノス殿下も得意ですからね」

「うん、そうだね得意。というかあの子、苦手なものがないだけじゃにゃい？　たぶん射撃のが得意かも」

「あと、それに」

「それに？」

「たぶん……テイレシア様の中の『カッコいい』の基準の結構上位に、『剣が使える』っていうのが入っている気がするんですよね……」

カサンドラ様が思い切り吹き出した。

「テイレシアに『カッコいい』と思われたくて⁉」

「不純ですか？」

「不純！　思い切り不純！　でもその不純さ嫌いじゃない！」

「カサンドラ様も相当酔ってますね。大丈夫ですか、明日も朝早いですよね？」

今、官僚の候補生になっているカサンドラ様は、官僚たちよりも出仕の時間が早いのだ。

「らいじょぶ、毎朝ちゃんとクロより早く出仕してる」

「酒臭かったら王太子殿下に怒られますよ？　それでは、俺たちはこれで」

「あはは……じゃーね……あ、そうだ、ヴィクター」

テイレシア様に負けず劣らずふにゃふにゃしたしゃべりで、カサンドラ様は続けた。

「ねぇ、いつまで『様』つけて呼んでるの？」

「…………！」

「じゃ、気を付けて帰って！」

…………確かに、まだ俺は妻のことを『テイレシア様』と呼んでいる。

◇◇◇

「ふふふ……ヴィクターあったかい〜」

馬車の中で俺の膝を枕に、寝落ちしそうでギリギリ起きている状態で、テイレシア様はゆるゆるなしゃべりを繰り返していた。うん、可愛い。

「今日は、楽しかったですか？」

「うん、とっても〜。すっごくすっごく、楽しかったの！　カサンドラがねぇ、面白くて……王宮でね……」

俺に伝えようと一生懸命しゃべる内容は要領を得ないが、とっても楽しかった！　というのは表情で伝わってくる。

自称『本さえあれば幸せ』で、家の中が大好きなテイレシア様にとっても、友達とじゃないと吸収できない心の栄養みたいなものがあるんだろうな。そんな彼女を見ているのも、とても楽しい。

（……ほんと、最初のデートからずっと、夢みたいだ）

理想の生徒会長、理想の貴族令嬢。そんな姿を体現し続けていた彼女ももちろん美しかった。だけど今、日々彼女が見せてくれる可愛さ、面白さ、飾り気のない一挙手一投足は、世界中で俺しか知らない宝物だ。ずっと望んでいた夢のような毎日。想像よりはるかに幸せな毎日。

時々、『もらいすぎている』から『なにを返せばいいか悩む』というようなことをテイレシア様はいうけれど、

「……こうしてあなたと過ごす時間が、俺にとってはこの世で一番素晴らしい贈り物なんですよ」

「んん？　……なぁに？」

「なんでもありません。眠っても良いですよ？」

「だいじょぶ、まだ起きてる～」

酔っているテイレシア様に受け応えしているうちに、ふと、いたずら心が湧いてきた。

「テイレシアは、何のお酒が好きなんですか？」

「ええとね、くだもののお酒と～」

あ、呼び方変えても特に反応ないな。

「それ、きもちいい。好き」

「膝枕で、頭を撫でられるの好きですよね、テイレシアは」

「うん、好き〜」

様をつけて呼び続けていたのは、できるだけ慎重にタイミングを見極めたかったからだ。

あくまでも彼女と俺では身分が違いすぎる。

ただ……この酔ったテイレシア様相手だと幼く思えて、躊躇なくそう呼べた。そして可愛い。

「帰ったらお風呂に入れますか？　早めに寝ましょうか、テイレシア」

「うん……そ……ね……」

しゃべっているうちに、やっぱり段々、眠くなってきたのか、すやぁ……っとテイレシア様は寝入った。いつもより、子どもみたいな寝顔だ。

馬車が邸についても起きようとしないテイレシア様に苦笑いして、俺は彼女を抱き上げた。

◇　◇　◇

――翌日。

ベッドの上で目覚めたテイレシア様は、青ざめた顔で、「あのー……ヴィクター……」と俺に尋ねる。

「私、昨日、邸にどうやって入ったの……？」

「よく眠っていたので、抱っこして入りましたよ？」

「…………嘘《うそ》……じゃ、使用人のみんなに、見られた……？」

　ふるふるふると震える。そんなに恥ずかしがらなくてもいいのに。

「ドレスじゃなくて寝間着を着ているのは……」

「身体を拭いて着替えさせました。起きるときに合わせてお風呂の用意を頼んであります」

「ええとそれはありがとう。……待って、着替えさせたのは、ヴィクターが？」

「はい」

「嘘――――！」

　ショックのあまりか、テイレシア様は羽布団の中に潜り込んでしまった。

　俺も彼女を追いかけて布団の中に入る。

「……失敗したわ……もう私、お酒飲まない……」

「そんなこと言わないでくださいよ」

　俺の楽しみが一つなくなるんですが。

「女主人の威厳……あと年上の面目……」

「だから気にしないでください。ね？」

　へこんでいるところも可愛いけれど、そろそろ顔が見たい。

「朝食の時間までに支度しないとですよ」

「……黒歴史がまた増えた……」

「黒歴史のハードル低くないですか？　……というか、そろそろ引っ張り出しちゃいますよ？」

「え、ちょっ、待っ」

テイレシア様の両脇の下に手を差し込むと、力業でぐいっと布団から引っ張り出した。

「起きましょう？」

つん、と可愛い鼻をつつくと、まだ納得していないという表情でテイレシア様はしぶしぶうなずいた。

「じゃあ、お湯を浴びて――」

「ヴィクター」

テイレシア様が俺の服をきゅっと掴《つか》む。

「どうしました？」

俺を見上げながら、彼女は言う。

「私……『様』はないほうがいいわ」

一瞬何を言っているのかわからなかった。

それも一瞬のことで、唐突に全面的に理解した。

かあああっ、と、顔が熱くなる。

「ば、馬車の中にいた時のこと、覚えてたんですか……？」

「それだけはうっすら……」

うっ、わぁ…………。

猛烈に恥ずかしくなって顔を伏せた。

「……さっきまでの私の気持ち、わかった？」

「……はい」

「……それから、『様』はないほうがいいわ」

「……はい。テイレシア」

面と向かって、呼び捨てにすると、やっぱりまだ少し恐れ多いような、こそばゆいような気持ちになったけど、彼女は顔を見せないままで、俺の胸に顔をうずめた。

Kラノベブックスf

王《おう》子《じ》、婚《こん》約《やく》破《は》棄《き》したのはそちらなので、恐《こわ》い顔《かお》でこっちにらまないでください。

真《ま》曽《そ》木《ぎ》トウル

2023年10月31日第1刷発行

発行者	森田浩章
発行所	株式会社 講談社 〒112-8001　東京都文京区音羽2-12-21
電　話	出版　(03)5395-3715 販売　(03)5395-3605 業務　(03)5395-3603
デザイン	C.O2_design
本文データ制作	講談社デジタル製作
印刷所	株式会社KPSプロダクツ
製本所	株式会社フォーネット社

KODANSHA

ISBN978-4-06-533920-6　N.D.C.913　307p　19cm
定価はカバーに表示してあります

ファンレター、
作品のご感想を
お待ちしています。

あて先
〒112-8001　東京都文京区音羽2-12-21
(株) 講談社　ライトノベル出版部 気付
「真曽木トウル先生」係
「足立いまる先生」係

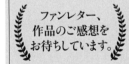